Arthur Schnitzler

Die Frau des Richters

DOGMA

Arthur Schnitzler

Die Frau des Richters

ISBN/EAN: 9783955077631

Auflage: 1

Erscheinungsjahr: 2013

Erscheinungsort: Bremen, Deutschland

Arthur Schnitzler

Die Frau des Richters

DOGMA

Arthur Schnitzler

Die Frau des Richters

CLASSIC PAGES

Nach zweiunddreißigjähriger Regierung, im siebenundfünfzigsten Jahre seines Lebens, wurde Karl Eberhard XVI., Herzog von Sigmaringen, im Hause der Gartenmägdlein, und zwar dem Gerüchte nach in den Armen des allerjüngsten, von einem plötzlichen Tode ereilt. Haus der Gartenmägdlein, so nämlich wurde im Volke das Jagdschloss Karolslust genannt, das, drei Wagenstunden von der Residenz und kaum eine halbe von dem Landstädtchen Karolsmarkt entfernt, innerhalb weitgedehnter Waldungen gelegen war, und in dem die herzoglicher Gunst sich erfreuenden Mädchen oder Frauen – stets zehn bis fünfzehn an der Zahl – ein zwar sorgenfreies, aber im übrigen höchst eingeschränktes Leben führten.

Für den Fall seines plötzlichen Hinscheidens hatte der Herzog schon vor längerer Zeit die Verfügung getroffen, dass sämtliche Gartenmägdlein, mit Geldmitteln ausreichend versehen, unverzüglich aus dem Schlosse zu entfernen und über die nahe Grenze zu bringen wären. Daher stand nach getreuer Ausführung des Befehls durch die des Gehorchens gewöhnten Verwalter und Hofbediensteten nicht nur das Residenzschloss Sigmaringen, sondern auch Karolslust schon wenige Tage nach dem Tode des Herzogs zum Empfang des neuen Herrn bereit, der, wie allgemein bekannt war, Art und Wandel seines Vaters stets missbilligt und, seit Eintritt seiner Mündigkeit immer auf Reisen, das Herzogtum, das er später regieren sollte, schon drei Jahre lang nicht mehr betreten hatte. So war er von der Trauernachricht in Paris ereilt worden, wo er nicht nur in höfischen und adligen Kreisen wohl aufgenommen war, sondern auch, mehr den Hohn als die Erbitterung seines Vaters herausfordernd, mit Gelehrten und Schriftstellern, darunter mit den berühmten Enzyklopädisten Diderot und Baron von Grimm, persönlichen Verkehr gepflogen hatte.

Der verstorbene Herzog, in jungen Jahren beim Volk ziemlich verhasst gewesen, hatte seinen Untertanen längst keinen Anlass zu ernstlicher Klage mehr gegeben. Im Genusse großer Einkünfte aus dem Erbe seiner früh dahingeschiedenen, mit dem unermesslich reichen polnischen Fürstengeschlecht der Poniatowski verschwägerten Gattin, durfte er darauf verzichten, das Volk mit Steuern und Abgaben über Gebühr zu belasten, und hatte sich's, insbesondere in den letzten Jahren, an den Vergnügungen der Jagd und an der Gesellschaft seiner Gartenmägdlein so völlig genügen lassen, dass ihm für politische und soldatische Spielereien keine Zeit übriggeblieben war. Obwohl sich's daher in dem kleinen Lande, das ein rüstiger Fußgänger in sieben Tagen umwandern mochte, behaglicher und ungefährdeter leben ließ, als in manchem anderen deutschen Fürstentum, fehlte es auch hier nicht an Unzufriedenen und Aufmucken, deren manche sich zuweilen kecker äußerten, als ihre Gleichgesinnten in anderen Ländern, wo eine allzu freie oder gar aufrührerische Rede nicht nur dem Sprecher, sondern wohl auch dem Zuhörer hätte übel geraten können.

Als der verwegenste Schwätzer im Fürstentum, ja überhaupt als ein bedenklicher Geselle, galt ein gewisser Tobias Klenk, der immer wieder, auch wenn man ihn schon für alle Zeit losgeworden zu sein glaubte, in seinem Geburtsstädtchen Karolsmarkt auftauchte, wo seine Mutter, eine Schlosserswitwe, zurückgezogen und in dürftigen Umständen lebte. Ihre beiden Zwillingstöchter, Brigitte und Maria, hatten schon als Sechzehnjährige, keineswegs ohne Zustimmung der Mutter, im Hause der Gartenmägdlein Aufnahme gefunden, wo es ihnen gar nicht übel erging, um so weniger, als sie beide, durch die nachbarlichen Umstände begünstigt, öfters Gelegenheit hatten, auf halbe oder ganze Tage zu entweichen und das ärmliche Haus der Mutter mit Backwerk und Wein zu versehen; daran mitzunaschen und mitzutrinken der Bruder Tobias, wenn auch unter allerlei höhnischen Reden, keineswegs verschmähte. Doch schon zehn Jahre vor dem plötzlichen Hinscheiden des Herzogs waren sie aus dem Lustschlösschen und zugleich aus dem Lande geflohen, ohne von ihrer Mutter oder sonst irgendeinem Menschen Abschied zu nehmen.

Geraume Zeit nach ihrem Verschwinden überbrachte ein unbekannter Reisender der alternden Frau Grüße ihrer Töchter aus Rom, wo diese in zweideutigen, aber gesicherten Verhältnissen zu leben schienen; sowie ein ansehnliches Geldgeschenk. Solches wiederholte sich einige Male im Lauf der Jahre, nur dass die Grüße und Gaben stets von einem anderen Reisenden überbracht wurden, – bis endlich auch dies ein Ende nahm und die Zwillingsschwestern für alle Zukunft verschollen blieben.

Ihr Bruder Tobias aber erschien in gemessenen Abständen immer wieder in seinem Heimatort, ohne dass man je gewusst hätte, woher und warum; wie auch er selbst sich über seine Weltfahrten und sonstigen Umstände nur obenhin und in unklaren Andeutungen auszulassen liebte. Jedenfalls war er weit herumgekommen, hatte trotz mangelnder Vorbildung an verschiedenen deutschen Universitäten studiert und randaliert, später – niemand wusste, unter welchem Feldherrn und auf welchen Kriegsschauplätzen – als Soldat gefochten, war mit einem jungen Baron in Spanien, Portugal und England als Reisebegleiter oder Hofmeister umhergezogen und in allerlei mehr oder minder ehrenvolle Händel verwickelt gewesen, wobei er öfters mit der Polizei und den Gerichten, wohl auch mit den Gefängnissen nähere Bekanntschaft gemacht haben sollte. Noch etliche Jahre vor dem Tod des alten Herzogs war er sehr vornehm, fast kavaliermäßig angetan, in Karolsmarkt aufgetaucht, hatte seiner Mutter Leinenzeug und Tuch aus Holland sowie ein Halbdutzend silberne Teller mitgebracht, an der Tafel beim Goldenen Ochsen eine Woche lang alle Bekannten freigehalten, und war eines Abends mittels einer alten Kutsche, in der eine nicht mehr ganz junge, reich gekleidete Dame saß, aus dem Wirtshaus abgeholt worden; seither aber war er von einem Mal zum anderen in immer verschlissenerem Gewand, in immer verdrossener Laune und mit trotzdem immer loserem Maul – stets nur zu kurzem Aufenthalt – in Karolsmarkt aufgetaucht; – und so hatte es sich gefügt, dass er gerade an dem Tage, da man den alten Herzog in der Gruft seiner Ahnen beisetzte, in schlimmerem Zustand als je, beinahe zerlumpt, in Karolsmarkt eingetroffen war, und sich nun als dreiunddreißigjähriger Mensch anschickte, seiner alten Mutter, die sich längst auch von dem letzten silbernen Teller hatte trennen müssen, und sich ihren Unterhalt müh-selig durch Näh- und Flickarbeiten in fremden Häusern verdiente, in der Tasche zu liegen.

Aber trotz seines üblen Aus- und Ansehens nahm er allabendlich seinen Platz wie ihm gebührend am Wirtshaustische ein, und obwohl es manchem friedlichen Bürger bei seinen frechen und läster-lichen Reden unbehaglich zumute ward, hörten sie ihn nicht nur mit leidlicher Geduld und Nachsicht an, sondern es zahlte sogar, wie nach einer stillen Verabredung, jeden Abend ein anderer für ihn die Zeche, in geheimer Angst vor dem abenteuerlichen Menschen, den sie, ohne es einer dem anderen zu gestehen, nach seinen wilden Reden jedes bösen Tuns, ja – vielleicht zu Unrecht – selbst einer hin-terhältigen Rache für fähig hielten.

Es kam wohl vor, dass der eine oder der andere Tischgenosse ihn mit ängstlichen, wenn auch scherzhaft klingenden Worten zu beschwichtigen suchte; dafür aber gab es einen, der niemals an-stand, seine Partei zu ergreifen, ihm wohl auch in seinen aufrührerischen Reden mit Gründen an-scheinend philosophischer und historischer Natur

9

beizustehen und sich bei solcher Gelegenheit zuweilen zu noch schlimmeren und gefährlicheren Äußerungen, ja bis zu Prophezeiungen und Drohungen zu versteigen pflegte, wie man sie nicht einmal von Tobias Klenk zu hören gewohnt war. Und dieser eine war wunderlicherweise kein anderer als der Richter in Karolsmarkt, Adalbert Wogelein, ein Altersgenosse und einstiger Schulkamerad des Tobias.

Beider Eltern hatten in den gleichen, zwar bescheidenen, doch auskömmlichen Verhältnissen gelebt, bis durch den frühen Tod des Schlossermeisters, der die Seinen vermögenslos zurückgelassen, sich zwischen den beiden Familien eine Kluft aufzutun begonnen hatte, die sich von Jahr zu Jahr weiter spannte. Dies konnte aber dem Freundschaftsband zwischen den beiden Knaben nichts anhaben, schien es vielmehr in eigentümlicher Weise nur noch fester zu knüpfen. Adalbert, ein musterhaft sanfter und fleißiger Schüler, geriet nämlich zu dem ungebärdigen und leichtfertigen Tobias in ein Verhältnis von unbegreiflicher Botmäßigkeit, sodass er sich von ihm nicht nur allerlei kindlich harmlosen Spaß, sondern auch gelegentliche Bosheit und Tyrannei mit Langmut, ja beinahe mit Lust, gefallen ließ.

Geschah es einmal, dass Adalbert versuchte sich aufzulehnen, indem er etwa sich weigerte, dem anderen bei der Lösung einer Rechenaufgabe behilflich zu sein oder sich an irgendeinem Bubenstreich zu beteiligen, so verstand es Tobias, ihn schon dadurch zu bestrafen, dass er so lange kein

Wort an ihn richtete, ja nicht einmal seine Anrede zu hören schien, bis Adalbert nicht umhin konnte, nachzugeben oder gar den Kameraden unterwürfig um Verzeihung zu bitten.

Einmal, kurz nach dem Tode des Schlossermeisters, in der Pause zwischen zwei Schulstunden, ließ sich Adalbert einfallen, dem Freund, der gewissermaßen von einem Tag zum anderen ein armer Schlucker geworden war, zum Ankauf von Brot und Wurst ein paar Silbergroschen anzubieten, worauf ihm als Erwiderung und Dank eine kräftige Ohrfeige zuteilwurde. Doch eine Viertelstunde darauf, unwirsch befehlenden Tons, forderte Tobias von Adalbert alles Essbare, das dieser bei sich trug, wie eine ihm rechtens zustehende Abgabe ein; und während er sich's vortrefflich schmecken ließ, verhöhnte er den anderen, der mit hungrigem Magen dabeistehen und zusehen musste.

Ein andermal wieder hatte Adalbert auf einem Spaziergang nahe der Stadt die Schwestern des Tobias zufällig getroffen, als – ob ebenso zufällig, war schwer zu entscheiden – Tobias ihnen in den Weg lief und ohne jeden Anlass behauptete, dass Adalbert sich gegen die beiden Mädchen, die damals fünfzehn Jahre zählten, ungebührlich benommen habe, ihn unter Drohungen aufforderte, sich mit größter Beschleunigung davonzumachen und ihm verbot, jemals wieder ein Wort an die Mädchen zu richten. Wenige Tage später lief Adalbert den Geschwistern abends an einer Straßenecke unversehens in die Arme, machte sofort Anstalt, in weitem Bogen auszuweichen, worauf Tobias ihn gebieterisch heranwinkte, das Ansinnen an ihn stellte, Brigitte und Maria nacheinander auf den Mund zu küssen, und den Unschlüssigen so lange in die Rippen puffte, bis der nicht anders konnte, als sich der unbegreiflichen Laune des Freundes zu fügen. Noch aber spürte er die brennenden Lippen der Mädchen auf den seinen, als ihn Tobias auch schon mit harten Worten anfuhr und ihn warnte, sich im Laufe der nächsten Tage bei Gefahr schwerer Prügelstrafe vor ihm und den Schwestern blicken zu lassen, – worauf sich Adalbert, vom Gelächter der Geschwister verfolgt, im zwiespältigen Nachgefühl eines bittersüßen Erlebnisses um die nächste Ecke davonschlich.

Als wenige Tage nach diesem Vorkommnis die beiden Mädchen, wie die Nachbarschaft übrigens seit geraumer Zeit prophezeit hatte, aus der elterlichen Wohnung in das Haus der Gartenmägdlein übersiedelt waren, äußerte sich Tobias vorerst zu Adalbert wie zu einem vertrauten Freunde in finster drohenden Worten über die Unbill, die seinen tugendhaften Schwestern widerfahren sei, schien sich aber bald um so williger in sein und ihr Schicksal zu fügen, als die Zustände im Mutterhaus von diesem Zeitpunkt an sich zusehends behaglicher gestalteten. In der Schule freilich, soweit es Tobias überhaupt beliebte, sie zu besuchen, wollte er immer weniger gut tun; und für den braven Adalbert wurde es geradezu bedenklich, ein Freundschaftsverhältnis aufrechtzuerhalten, das ihm in den Augen der Lehrer, der Mitschüler, ja des ganzen Städtchens, als eine unfaßbare, jedenfalls höchst beklagenswerte Verirrung ausgelegt wurde. Ließ er dies auch wie ein selbst gewähltes Schicksal in Ergebung, ja gewissermaßen freudig über sich ergehen, so atmete er doch, wenn auch zu seiner eigenen Verwunderung, wie befreit auf, als eines Tages, kurze Zeit vor der Flucht der Schwestern aus Karolslust, auch Tobias aus der Stadt verschwunden war, um sich vorerst, wie man von seiner Mutter hören konnte, aufs Land zu Verwandten von väterlicher Seite her zu begeben, die sich angeblich aus Gutmütigkeit des ungeratenen Jungen annehmen wollten.

Während nun von seinem weiteren Lebenslauf nur das Wenige und Unzuverlässige in Karolsmarkt bekannt wurde, was die Gerüchte herbeitrugen und was er selbst bei Gelegenheit seiner flüchtigen Besuche in der Heimat zu erzählen für gut fand, lag des Adalbert Wogelein Werdegang und Wirken klar für jedermann zutage. Nachdem er in Göttingen Jura studiert, innerhalb welcher Epoche seine Eltern kurz hintereinander verstorben waren, und er sich in der Residenzstadt als Gerichtsadjunkt betätigt hatte, trat er im Alter von siebenundzwanzig Jahren in seinem Geburtsort das Richteramt an, das er mit genügendem Anstand und getreu nach dem Buchstaben des Gesetzes verwaltete.

Im Alter von dreißig Jahren nahm er die Tochter des Stadtapothekers und Bürgermeisters zum Weib, ein stilles, heiteres, wohlgebildetes Geschöpf, das dem gelehrten Gatten in Treue und

Achtung anhing, ihm sein von den Eltern ererbtes, am Ende des Städtchens gelegenes kleines Haus sowie die Wirtschaft in bestem Stand erhielt und unbeirrt in Herz und Sinnen dahinlebte, wie tausend andere Bürgerstöchter, die in engem Kreise ohne Ahnung einer weiteren und größeren Welt und ohne Sehnsucht nach ihr aufgewachsen sind. Noch war die Ehe mit Nachkommenschaft nicht gesegnet; außer dem Vater, etlichen Verwandten und einigen verheirateten und unverheirateten Jugendgespielinnen kam niemand ins Haus; und von den Männern, besonders den unvermählten, hielt sie sich möglichst fern, da Adalbert es nicht gerne sah, wenn irgendjemand dem zarten, hübschen Wesen, das nun einmal ihm gehörte, allzu freundliche Augen machte oder allzu angenehme Dinge sagte, wie das junge Männer, auch ohne jede unehrbare Absicht, nun einmal nicht lassen können.

Zwei- bis dreimal in der Woche begab sich der Herr Richter nach dem Abendessen in das Wirtshaus »Zum goldenen Ochsen«, was ihm Agnes um so weniger verübeln konnte, als auch ihr Vater, der Bürgermeister und andere geachtete Bürger sich dort regelmäßig als Gäste einzufinden pflegten und Adalbert, der aus angeborener Sparsamkeit sich im Trinken größter Mäßigkeit befliss, niemals nach Mitternacht heimkehrte.

Hierin war nun allerdings in den letzten Tagen, seit Tobias Klenks Wiederkunft an des Herzogs Begräbnistag, ein Wandel eingetreten, der Agnes mit einiger Besorgnis erfüllte. Nicht nur, dass kein

Abend mehr verging, an dem es den Adalbert zu Hause gehalten hätte, er kehrte zu immer späterer Stunde heim, und überdies in einem seltsam erregten Gemütszustand, den Agnes anfangs nur dem reichlicher genossenen Weine zuzuschreiben geneigt war, bis sie sich erinnerte, dass auch vor zwei Jahren, als Tobias Klenk zum letzten Male hier geweilt, sich ihr Gatte, dessen Jugendfreundschaft mit Tobias wie eine halb verschollene Legende im Städtchen weiterlebte, für kurze Zeit in gleich unerfreulicher Weise verändert hatte. Damals war Agnes dem Tobias zuweilen in den Straßen des Städtchens begegnet; doch in einer ganz ehrlichen, selbst von unlauterer Neugier freien Scheu hatte sie sich kaum um ihn gekümmert, geschweige denn, dass sie zu einem Gespräch Gelegenheit gefunden oder eine solche gar gesucht hätte.

Diesmal aber hatte sie, da er sich in den Straßen kaum jemals blicken ließ, von seiner Anwesenheit überhaupt erst durch den Vater vernommen, der eines Morgens, als der Schwiegersohn bereits das Haus verlassen, es geraten fand, die Tochter von gewissen bedenklichen Äußerungen zu unterrichten, die ihr Gatte am vorhergegangenen Abend, offenbar unter dem gefährlichen Einfluss des kürzlich heimgekehrten Freundes, und diesen noch überbietend, im Wirtshaus getan, und die, aus dem Munde eines richterlichen Beamten, geradezu unbegreiflich geklungen hätten, und allerlei Unannehmlichkeiten, wenn nicht schlimmere Folgen, nach sich ziehen könnten. Hatte der Herzog selbst auch das Zeitliche gesegnet, – der herzogliche Konsul stand weiter in Amt und Würden, hielt nach wie vor seine Sitzungen, erließ Verordnungen, verhängte Strafen; der Oberjägermeister von Karolslust führte ein wohlbekanntes, strenges Regiment, das insbesondere die Wilderer und Holzklauber oft genug zu fühlen bekamen; und überdies wurde die Ankunft des jungen Herzogs mit jedem Tag erwartet. Und hatte man bisher auch nichts Nachteiliges von ihm vernommen, so konnte doch niemand vorhersagen, wie er sich als Regent betragen würde.

Und als Adalbert am Abend dieses Tages heimkehrte und, wie es in der letzten Zeit seine Art war, sich schon während des Auskleidens über das Unrecht zu ereifern anfing, das rings in deutschen Landen Bürger und Bauer zu erleiden hätten, über die Zehnten und Steuern loszog, die die Fürsten aus der Arbeit und dem Schweiß ihrer Untertanen zur Befriedigung eigener Gelüste pressten, von ihren Jagden sprach, die Äcker und Feld zerstampften, von dem Schacher, den sie mit ihren eigenen Landeskindern trieben, indem sie sie als Soldaten nach Amerika verkauften, von der schändlichen Mätressenwirtschaft, deren Duldung für die Frauen und Jungfrauen des Landes eine stete Gefahr und Schande bedeutete, – da nickte Agnes zwar zustimmend, wie sie es gewohnt war, schüttelte auch wie bedauernd ihr blondes Haupt; aber gerade als Adalbert, auf dem Bettrand sitzend, die Stiefel auszog und einen Augenblick im Reden innehielt, wagte sie einen ersten leisen Einwand.

Sie selbst, so bemerkte sie schüchtern, das Ehepaar Wogelein nämlich, auch ihre näheren und entfernteren Verwandten und das ganze Städtchen Karolsmarkt, ja, wenn man es recht bedenke, das gesamte Herzogtum – soweit sie sich zurückerinnern könne –, hätten von all den Übeln, deren Adalbert Erwähnung getan, eigentlich niemals etwas zu spüren bekommen; und so vermöchte sie nicht recht zu verstehen, warum er sich denn mit einem Mal über Dinge so sehr erbittere, die ihn im Grunde nichts angingen.

Adalbert, von ihrem ungewohnten Widerspruch überrascht, entgegnete scharf, dass er, wie ihr wohl bekannt sein sollte, mit der Fähigkeit begabt sei, über das eigene Schicksal und das von Verwandten, Freunden und Landsleuten weit hinauszuschauen; dass es aber, wenn man schon davon reden wolle, auch in ihrer nächsten Umgebung keineswegs so vortrefflich bestellt sei, wie Agnes sich einzubilden vorgebe. Und er finde es wahrlich sonderbar, dass Agnes sich anstellte, als wisse sie nicht einmal etwas von der Schmach, die sich in ihrer nächsten Nachbarschaft seit Jahren und Jahrzehnten in frecher und höhnischer Weise breitgemacht habe –, und unvermittelt erklärte er den Tag als nicht mehr fern, an dem das Schloss Karolslust, das so viele Jungfrauen und ehrbare Frauen wie in einem Höllenrachen verschlungen habe, so zum Exempel die Schwestern seines alten Freundes Tobias Klenk, – dass Karolslust und

manches andere Schloss von ähnlicher Bestim-
mung spurlos vom Erdboden verschwunden sein
werde – und nicht diese Schlösser allein.

Erschrocken setzte sich Agnes im Bette auf, die
reichen blonden Haare fielen ihr gelöst über die
Schultern, und in wachsender Bangnis lauschte sie
den Worten ihres Gatten, der in losem Schlafrock,
mit schiefer Perücke, die Stiefel in der Hand
schwingend, seiner ersten Prophezeiung noch
andere und wildere folgen ließ, sodass das fried-
liche Schlafgemach sich gleichsam mit einem Ge-
ruch von Blut und Brand zu füllen schien. Endlich
warf er die Stiefel hin, entledigte sich des Schlaf-
rocks und der Perücke, und während er über seine
dunkelrote Stirn und die kurzen, gesträubten
Haare eine weiße Nachtmütze stülpte, nahm Agnes die Gelegenheit zu der ängstlichen Frage wahr,
ob er so furchtbare Voraussagungen, verführt von
seinem Mitgefühl mit der gequälten Menschheit,
am Ende auch vor Leuten vernehmen ließe, die
vielleicht nicht klug genug seien, ihn recht zu verstehen oder sie ihm übel auslegen und bei irgendeiner Gelegenheit aus Bosheit und Neid gegen ihn
ausnützen könnten.

Adalbert rollte die Augen, drehte das Polster ohne
jede Ursache zweimal in der Luft umher, ehe er
sein Haupt darauf bettete, und wandte sich an
Agnes mit der höhnischen Gegenfrage, ob sie ihn
für einen Mann oder eine Memme halte, worauf er,
den einen Arm wie zur Abwehr jeder Erwiderung
vor sich hinstreckend – ohne Agnes eines weiteren
Blickes zu würdigen, die Decke über sein Kinn zog

und abgewandten Angesichts rascher einschlief, als Agnes nach einem so gewaltigen Leidenschaftsausbruch erwartet oder nur für möglich gehalten hätte.

Am nächsten Morgen war ihm von der gestrigen Erregung nicht das Geringste mehr anzumerken; und als er sich nach eilig genossenem Frühstück von seiner noch im Bette ruhenden Gattin mit einem flüchtigen Kuss auf die Stirn verabschiedete und in würdiger Amtstracht, erhobenen Hauptes, Hut und Stock in der Hand, das Haus verließ, schien er ein ganz anderer zu sein als der grimmige Empörer, dessen Rede und Gehaben sie in der verflossenen Nacht in Erregung und Schrecken versetzt hatte.

Im Laufe des Tages beruhigte sie sich weiter – und als Adalbert auch nach der Rückkehr vom Amt, ganz nach seiner früheren Art, mit der ihm eigenen Wichtigkeit von allerlei gleichgültigen Vorkommnissen in Markt und Land sowie von seinen im Lauf des Tages gefällten, durchaus scharfsichtigen richterlichen Entscheidungen erzählte; – und sich nach beendeter Mahlzeit, behaglich die Hände über dem Magen gekreuzt, in den Sessel zurücklehnte, Agnes an sich heranzog und ehelichen Zärtlichkeiten nicht abgeneigt schien, gab sie sich schon der Hoffnung hin, den Gatten ohne besondere Schwierigkeit heute gänzlich zu Hause halten zu können.

Doch plötzlich, in einem Augenblick, da sie es am wenigsten erwartete, erhob er sich mit einem verschlagenen Lächeln, als habe er die arglose Gattin absichtlich in Sicherheit gewiegt; ohne weitere Erklärung, sich an ihrer Enttäuschung weidend, fast ohne Gruß ergriff er Hut und Stock und war mit einem Male aus der Tür.

Agnes aber vermochte keine Ruhe zu finden, bis Adalbert, wieder lange nach Mitternacht, zurückkehrte und, wie leicht zu merken war, in der gleichen oder einer noch schlimmeren Verfassung als an den vorhergegangenen Tagen. Hatte gestern seine Rede bei aller inneren Verwegenheit immer noch eine gewisse Wohlgesetztheit zu bewahren gewusst, so brachte er heute nur abgerissene, wirre Sätze hervor, aus denen zeitweise allzu verständlich ein unheilvolles Wort in die Stube gellte; und als er plötzlich einen fast gotteslästerlichen Fluch ausstieß, wie Agnes ihn noch niemals von ihm gehört, richtete sie sich jählings aus ihren Polstern auf und rief wie erleuchtet: »Nun ist mir alles klar, Adalbert, sie wollen dich verderben!«

Er stand mit offenem Munde da und lallte etwas; sie, seine Betroffenheit nützend, hastig und flehend, als hätte alles, was ihr nun zu eigener Überraschung mühelos von den Lippen floss, ihr seit Langem auf dem Herzen gelastet, sagte ihm auf den Kopf zu, dass er offenbar in eine geheime Konspiration verwickelt sei; und dass die Verschwörer, als deren Abgesandter der entsetzliche Tobias Klenk wieder im Lande erschienen sei, gewiss nichts anderes im Sinne hätten, als sich zur Erreichung ihrer dunklen Ziele seines Muts, seiner Schlauheit und insbesondere seiner amtlichen

Stellung zu bedienen. Aber sie bringe es nicht länger über sich, diesem Treiben ruhig zuzusehen, denn nicht er, ein richterlicher Beamter, ein Ehemann und vielleicht später einmal Familienvater, sei eingesetzt, um die Übel auszurotten, an denen Deutschland kranken möge, von denen aber gerade in ihrem Herzogtum weniger zu verspüren sei als anderwärts; – dazu seien Junggesellen oder Landstreicher da, überhaupt Leute, die nichts zu verlieren hätten und nicht für das Schicksal von Frauen und Kindern mitverantwortlich seien.

»Hast du den Verstand verloren?« schrie Adalbert.

»Ich wollte,« erwiderte sie, »ich hätte so wenig Anlass, an deinem Verstand zu zweifeln, wie du an dem meinen. Weiß ich doch wahrhaftig nicht, was für ein böser Geist in den letzten Tagen in dich gefahren ist. Solange der Herzog lebte, dem man freilich allerlei Übles nachsagen konnte, auch wenn wir für unseren Teil nie was Schlimmes zu erleiden hatten, ist es dir nie eingefallen, so schauerliche Reden zu führen, dass einem das Blut erstarren konnte. Und nun, da wohl eine bessere Zeit anbrechen mag und wir einen jungen Fürsten über uns haben, von dem man niemals was Böses gehört hat, und der vielleicht unser Land zum glücklichsten im Reiche machen wird, predigst du Empörung, Brand und Mord.«

Adalbert stand vor ihr mit immer weiter aufgerissenen Augen, erstaunter noch über den ungehemmten Fluss als über die Verwegenheit ihrer

Rede. »Woher weißt du, dass der Fürst schon im Lande ist?« fragte er sie drohend.

Ihre Blicke leuchteten hell auf. »Er ist da?« rief sie aus.

»Was schert es dich?« schrie er, »ob er da ist oder nicht.«

»Er ist da!« wiederholte sie, und es klang nicht wie eine Frage, eher wie ein Freudenruf.

»Wer hat dir verraten, dass er im Lande ist?«

Sie lachte. »Niemand als du selbst. Sollte es denn ein Geheimnis sein – oder gerade nur eines für mich?«

»Mittags erst fuhr er in die Residenz ein,« schrie Adalbert, »eben erst brachte man uns die Kunde ins Wirtshaus – und du weißt es schon?« Er hatte sich zu ihr aufs Bett gesetzt, fasste ihre beiden Hände und sah ihr fürchterlich ins Auge.

»Warum bist du so zornig, Adalbert?« fragte sie und wunderte sich, dass sie immer weniger Angst vor ihm verspürte. »Soll ich mich nicht freuen? Sollen wir uns nicht alle freuen, dass unser junger Landesherr endlich da ist?«

»Was geht's dich an, ob er jung ist oder alt«, fauchte er ihr ins Antlitz.

»Sechsundzwanzig«, sagte sie unbefangen. »Als er sich das letzte Mal im Lande aufhielt, war er einundzwanzig, und das sind eben fünf Jahre her.«

Er starrte sie an. »Du kennst ihn, Agnes?«

Sie lachte lustig auf. »Gerade so gut wie du, wie wir alle. Sollt' ich den Erbprinzen nicht kennen?«

»Du hast ihn gesehen?«

»Was ist dir denn, Adalbert? Sollt' ich mir die Augen verbinden, wenn er durch unser Städtchen zur Jagd fuhr? Ach, es geschah selten genug. Wie edel war seine Haltung, wie milde sein Blick, wie strahlend seine Stirn. Von einem, der so aussieht, Adalbert, kann uns nichts Böses kommen.«

Und wieder schrie er sie an, ob sie denn völlig toll geworden sei; warum sie sich einbilde, dass der junge Fürst aus anderem Holz geschnitzt sei als die anderen hohen Herren. Wenn sich auch mancher in jungen Tagen besser anzulassen scheine, – käme er erst zur Macht – hundertmal hätte man's erfahren, – so treibe er's genau so, wie seine Väter und Großväter es getan. Und was den neuen Herzog betreffe, so sei er zwar in Paris der Freund von Gelehrten und Schriftstellern gewesen, zugleich aber habe er sich mit Frauenzimmern der übelsten Art herumgetrieben, und dass er bei diesem Lebenswandel von der abscheulichen Krankheit verschont geblieben, die man mit gutem Grund die »Franzosen« nenne, sei wohl nicht anzunehmen. Und sein Erstes hier im Lande werde jedenfalls sein, das Haus der Gartenmägdlein wieder in Betrieb zu setzen, das ja schon, wie man höre, zum Empfang des neuen Herrn sich rüste, woraus man wieder schließen könne, dass der ganze Hof, vom Minister bis zum Leibjäger, wohl wüsste, was er von dem jungen Fürsten zu gewärtigen habe.

»Und hast du nicht gehört, dass es wieder streng verboten ist, sich auf hundert Schritt Entfernung dem Schlösschen zu nähern, und dass keiner im Umkreis des Jagdgebietes sich mit einer Waffe zeigen darf? Man treibt wohl auch schon das Wild zusammen für ihn und seine saubere Gesellschaft, – und unsern armen Bauersleuten gnade Gott für die Dauer der Jagdzeit.«

Agnes lag da mit kindlichen, offenen Augen und hörte ruhig zu, fast wie eine wissbegierige Schülerin dem Lehrer, ohne einen Zweifel zu verraten oder gar einen Widerspruch zu wagen. Und so mochte Adalbert allmählich glauben, dass es ihm gelungen sei, sie von der Wahrheit der Tatsachen, die er berichtete, wie auch von der Unfehlbarkeit seiner Ansichten zu überzeugen. An diesem Glauben beruhigte er sich selbst; der Druck seiner Hände wurde merklich milder, und was ihn durchglühte, war nicht mehr Zorn, sondern ein sanfteres Feuer, das an dem Blick ihrer Augen, die er niemals so hell hatte leuchten gesehen, sich immer heftiger entzündete.

Doch als er sich endlich an ihrer Seite hinstreckte, schien Agnes zu seiner Enttäuschung schon in tiefen Schlaf versunken; und als er sie durch einen sanften Kuss auf die Stirn zu wecken suchte, fuhr sie mit der Hand über ihre Stirn und rollte sich unter der Decke zusammen wie ein kleines Kind, das von einer Fliege im Schlummer gestört worden ist. Und so schlief sie noch weiter, als am nächsten Morgen Adalbert erwachte, sich erhob, vernehmlich räusperte, hin und wieder wandelte, frühstückte, sich in seine Amtstracht warf; – und schlief immer noch, als er endlich das Haus verließ und die Türe nicht ohne Geräusch hinter ihm zufiel.

Bald nach seinem Weggehen verließ auch Agnes das Haus und begab sich in den Markt. Die Gassen lagen still wie sonst; die Unterhaltungen der jungen Frau mit Bekannten, denen sie zufällig begegnete, und mit Kaufleuten, bei denen sie Einkäufe zu besorgen hatte, waren gleichgültig wie je, und wenn auch immer wieder auf die Rückkehr des jungen Fürsten die Rede kam, niemand schien sonderlich erregt über ein Ereignis, das ja im Lauf der Dinge ganz natürlich hatte eintreten müssen.

Auch in der Apotheke des Vaters hielt sich Agnes eine kurze Weile auf und teilte ihm mit, dass sie ihrem Gatten das Wort abgenommen, sich von nun an im Wirtshaus gefährlicher Reden zu enthalten, worauf sie zu ihrer Verwunderung vernahm, dass er schon am gestrigen Abend zwar nicht wenig getrunken, doch in des Tobias Klenk Geschwätz, das man nun als ganz widersinnig zu verlachen beginne, nicht wie sonst eingestimmt habe.

Auch zu einer ihrer Freundinnen trat Agnes ins Haus, die vor etlichen Jahren als ganz junges Mädchen ihr anvertraut, dass sie sich kein schöneres Los denken könne als das eines Gartenmägdleins, sich bald darauf, etwa zur selben Zeit wie Agnes, vermählt, seither zwei Kinder geboren hatte und nun ihren Frauen- und Mutterpflichten völlig hingegeben war. Agnes fühlte sich heute versucht, ohne recht zu wissen warum, der Freundin jene harmlos lüsternen Mädchenträume ins Gedächtnis zurückzurufen, indem sie Adalberts Vermutung von gestern Abend, dass der junge Fürst das Schloss Karolslust unverzüglich seinen früheren Zwecken wieder zurückgeben werde, als eine ganz bestimmte Tatsache mitteilte. Die Freundin aber schien kaum zu begreifen, was Agnes eigentlich meinte, diese wurde verlegen, fühlte sich auf Wangen, Hals und Nacken blutrot werden und begann jetzt erst selbst zu verstehen, was sie und warum sie es ausgesprochen hatte. »Gartenmägdlein«, das war plötzlich nicht mehr ein Wort, wie es bisher eines gewesen. Es war ein Bild, das vor ihr emportauchte und dessen Anblick sie süß erschauern machte. Bis zu dieser Stunde hatte sie es noch nicht beklagt, dass ihr kein Kind geschenkt war. Plötzlich empfand sie es wie einen Schmerz, und im nächsten Augenblick wurde ein Vorwurf gegen Adalbert daraus. Als sie nach kurzem Abschied von der Freundin wieder auf der Straße stand, bebte die Luft in erwartungsvoller Unruhe, – und es war doch nur ein Frühsommertag, wie sie schon viele ohne sonderliche Erregung erlebt hatte. Was kümmert's mich denn, fragte sie sich, dass der junge Fürst wieder im Lande ist! Hätte Adalbert nicht so törichtes Zeug über ihn geschwätzt, ich dächte gar nicht an ihn. Und auch daraus wurde ein Vorwurf gegen Adalbert.

Der aber schien sich wohl bewusst zu sein, welch eine Trübung im Verlauf der letzten Tage sein Bild in der Seele der Gattin erfahren hatte. Während des Mittagessens trug er heute ein minder lautes, ja befangenes Wesen zur Schau, als wollte er den Eindruck seines Gebarens von gestern und vorgestern in Vergessenheit bringen; und als er recht unvermittelt zwischen Suppe und Fleisch eines Gerüchtes Erwähnung tat, dass der junge Herzog sich demnächst mit einer Prinzessin von Württemberg verloben würde, verriet der Ton seiner Stimme nichts davon, dass er von dem gleichen Manne sprach, von dem gestern erst in einer ganz anderen Weise zwischen ihm und Agnes die Rede gewesen war. Und Agnes ließ darauf nur ein gleichgültiges »Ach, wirklich!« vernehmen, ohne die Miene zu verziehen.

Nach dem Essen machte er sich mit Akten zu tun, die er aus dem Amt nach Hause genommen, und Agnes merkte, dass der Gedanke, Adalbert könne heute vielleicht auf den gewohnten Wirtshausbesuch Verzicht leisten, nichts Erfreuliches für sie barg. Ja, sie atmete beinahe auf, als Adalbert bei Eintritt der Dämmerung doch das Haus verließ, und sie war entschlossen, wann immer und wie lärmend er auch nach Hause zurückkehren sollte, sich fest schlafend zu stellen.

Doch sie hatte wirklich geschlafen, und so wachte sie auch wirklich auf, als Adalbert um Mitternacht an ihrem Bette stand, und es konnte ihm nicht entgehen, dass sie die Lider öffnete und blinzelte. Er schien diesen Augenblick nur erwartet zu haben; und sofort, in gelassenem, aber wichtigem Ton, berichtete er von dem Begebnis, das heute an der Tafelrunde im »Goldenen Ochsen« das einzige Tischgespräch gewesen war.

Tobias Klenk war im Walde nächst Schloss Karolslust mit einer Flinte betroffen und auf Anordnung des Oberjägermeisters wegen Verdachts der Wilddieberei und tätlicher Widersetzlichkeit gegen die Jagdgehilfen festgenommen und gefesselt in das Gefängnis von Karolsmarkt geschafft worden, wo er morgen dem Richter, also ihm, Adalbert Wogelein, vorgeführt werden sollte.

»Und was wirst du tun?« fragte Agnes ängstlich.

»Dies kann ich nicht sagen, ehe ich den Angeklagten vernommen habe.«

»Du erzähltest doch eben selbst, Adalbert, dass Tobias Klenk Wilddieberei getrieben und sich gewalttätig betragen habe. Sonst hätte man ihn wohl nicht in Ketten ins Gefängnis gebracht. So wirst du ihn in jedem Fall zu einer strengen Strafe verurteilen müssen.«

»Die Wilddieberei ist nicht erwiesen«, erwiderte Adalbert stirnrunzelnd. »Und was es mit dem gewalttätigen Betragen gegenüber einer dreifachen Übermacht auf sich hatte, ob es sich nicht vielmehr um Notwehr gehandelt, auch das wird sich erst erweisen müssen. Ich werde meinen Spruch keinesfalls dem Oberjägermeister oder dem Fürsten zu Gefallen, auch nicht nach dem Buchstaben eines hinfälligen Gesetzes, sondern nach dem wahren Rechte fällen. Und selbst, wenn Tobias Klenk für seine arme Mutter einen Rehbock hätte schießen wollen, ja, wenn er einen von den fürstlichen Knechten, der sich an ihm vergriffen, niedergeschlagen hätte, – ich werde vor allem die Frage untersuchen, ob nicht auch diejenigen Personen zur Verantwortung zu ziehen wären, die ihm sein Eigentum, die Flinte, konfisziert, ihn körperlich angegriffen und ihm Hand- und Fußschellen angelegt haben.«

»Adalbert«, rief sie und sah ihn mit angstvollen Augen an.

Doch glaubte er in ihren Blicken etwas wie Bewunderung zu lesen, und so fuhr er unbeirrt fort: »Ich überlegte eben, ob ich dem Tobias Klenk nicht ohne Weiteres die Fesseln abnehmen oder ihn gar in Freiheit setzen lassen sollte. Aber bei genauerer Erwägung erscheint es mir richtig, dass die Sache in völliger Öffentlichkeit verhandelt werde.«

»Was hast du vor, Adalbert?«

»Hast du Furcht, Agnes, so steht es dir frei, dich heute noch in das Haus deines Vaters, des Bürgermeisters, zu begeben, um die etwaigen Folgen meines Tuns nicht mit mir tragen zu müssen.« Und er fühlte sich immer höher wachsen.

»Nie und nimmer würde ich dich verlassen, Adalbert, aber«, sie hob beschwörend die Hände, »noch einmal bitte ich dich, zu bedenken –«

»Es ist alles bedacht, Agnes. Und wenn ich eines bedauere, so ist es, dass der Prozess in unserem kleinen Städtchen und nicht in der Residenz oder besser noch vor dem Reichsgericht in Wetzlar verhandelt wird. Aber es könnte wohl sein, dass mein Wort auch von hier aus ins Weite dränge und sich an meinem Spruch eine Fackel entzündete, die über ganz Deutschland leuchtete.«

»Adalbert,« rief Agnes, »du opferst dich deiner Freundschaft für Tobias Klenk auf.«

Adalbert reckte sich. »Ob Tobias oder ein anderer, ob Freund oder Feind, das kümmert mich nicht.«

»Du stürzest dich ins Verderben, Adalbert, und – mich dazu.«

Doch während sie so sprach, war es ihm wieder, als sähe er in der Tiefe ihres Blickes einen Strahl scheuer Bewunderung erglänzen, und es fuhr ihm durch den Sinn, dass er sich nun den Lohn für seine Kühnheit von ihren Lippen holen wollte. Er neigte sich zu ihr; ihr aber wehte Weindunst entgegen, sie zuckte zusammen; – und als er ihr näher rückte, brach sie plötzlich in Tränen aus. Adalbert war außerstande, sie zu beschwichtigen, – und so bitter es ihm ums Herz war, er musste endlich von ihr lassen.

Als Adalbert Wogelein am nächsten Morgen die Gerichtsstube betrat, die zu ebener Erde in einem geräumigen, alten Gebäude auf dem Marktplatz untergebracht war, legte ihm der Schreiber, wie es Brauch war, eine Liste der zur Verhandlung bestimmten Fälle vor. Zuerst wurden zwei Bürger vorgerufen, zwischen denen eine Schuldforderung schwebte, die Adalbert nach Anhörung der Parteien und dreier Zeugen nach bestem Wissen und

Gewissen zuungunsten des Klägers entschied, dessen Forderung als verjährt abgewiesen wurde. Dann wurden zwei Burschen vorgeführt, die einander bei einem Raufhandel erheblich verletzt, sich im Arrest unterdessen versöhnt hatten und nun nicht begreifen wollten, warum sie trotzdem jeder nach dem Spruch des Richters ein paar Wochen bei Wasser und Brot brummen sollten.

Während sie abgeführt wurden, drang in die Gerichtsstube die Kunde, dass soeben der junge Herzog in Karolsmarkt ohne jede Begleitung eingetroffen und vor dem Schulhause abgestiegen sei, wo er nun einer Unterrichtsstunde beiwohne. Der Schreiber, ein Mann in mittleren Jahren, nicht eben gelehrt, aber pfiffig genug, mit dem sich Adalbert Wogelein in eigener Person über verzwickte Rechtsfälle öfters in Diskurse einzulassen liebte, ließ nun den Richter wissen, dass der Herzog schon gestern, also kurz nach seiner Ankunft, in der Residenzstadt gewisse staatliche Ämter und öffentliche Anstalten überraschend visitiert hätte, was einigen Räten und Angestellten nicht sehr wohl bekommen sei.

Dem Adalbert Wogelein rieselte es leicht über den Rücken; aber ohne sich zu der Mitteilung des Schreibers irgendwie zu äußern, trat er in die Verhandlung des nächsten Falles ein. Ein Landstreicher stand vor Gericht, ein jämmerlich aussehender, magerer, ältlicher Mensch, der verdächtig war, aus dem Hause einer Witwe, wo er genächtigt, allerlei von ihrem verstorbenen Gatten hinterlassenes Handwerkzeug und auch Lebensmittel entwendet zu haben. Während er sich elend und weinerlich verschwor, dass er in seinem ganzen Leben nicht so viel gestohlen, als unter den Nägeln eines Fingers Platz habe, flog die Türe auf, ein junger Bursche stand da und rief atemlos: »Seine Gnaden, der Herzog!«

Adalbert wusste seine Ruhe völlig zu bewahren, verwies den Schreiber, der aufgesprungen war, auf seinen Platz und schickte sich eben an, dem Landstreicher eine neue Frage vorzulegen, als der Herzog eintrat, vornehm, aber ohne jede Prachtentfaltung in Schwarz gekleidet, schlank und stattlich, zwar jung, aber doch älter aussehend, als seinen Jahren gemäß war.

Adalbert Wogelein erhob sich und wollte dem Herzog ein paar Schritte entgegen tun, um ihn mit schuldiger Ehrfurcht zu begrüßen; dieser aber, mit ziemlich leiser, aber wohlklingender Stimme sagte: »Ich trag' Euch auf, Herr Richter, Eures Amtes weiter zu walten und die Verhandlung weiter zu führen, gerade so, als wenn ich nicht anwesend wäre.« Ebenso bedeutete er dem Gerichtsdiener, der das nachdrängende Volk zurückhalten wollte, er möge so viele hereinlassen, als immer nur Platz finden könnten, ließ es sich gerade noch gefallen, dass der Schreiber ihm einen Stuhl hinschob, und rückte ihn selber so, dass er seitlich neben dem Richter, doch ein wenig hinter ihm zu sitzen kam.

Ohne mit der Stimme zu beben, fuhr Adalbert Wogelein in seinen Fragen fort, und als der Landstreicher noch weiterhin leugnete, während die

Witwe schwor, es könne kein anderer als er der Übeltäter gewesen sein, tat Adalbert den Spruch, dass der Angeklagte, bei dem sich nichts von den gestohlenen Sachen vorgefunden, aus der Haft zu entlassen, dass er aber unverzüglich den Ort und innerhalb vierundzwanzig Stunden das Land zu verlassen habe. Dann sagte er einfach: »Weiter«, wie das eben seine Art war, wenn ein neuer Fall zur Verhandlung kommen sollte; und er bewies so seine Unbekümmertheit um die Anwesenheit des Herzogs, empfand es aber zugleich mit Genugtuung, dass er damit nach des Herzogs ausdrücklich kundgetanem Willen vorgegangen war.

Ohne den Aufruf des Gerichtsdieners abzuwarten, der sich noch mit dem Landstreicher zu befassen hatte, trat Tobias Klenk ein, in einem kavaliersmäßig zugeschnittenen, doch abgetragenen Gewand, zu dem die hohen, gelben Stiefel nicht recht passen wollten. Das dunkle Haar hing ihm wirr in die blasse, gerunzelte Stirn, sein Blick war hochmütig und nicht ohne Tücke, und er sah abenteuerlich und beinahe bedrohlich aus. Er trat, als sei ihm von der Anwesenheit des Herzogs nichts bekannt, gerade vor den Richter hin und sagte in scharfem, aber nicht gerade grobem Ton: »Vor allem, Freund Adalbert, wünsche ich der Handschellen entledigt zu werden.«

Ein Raunen und Murmeln ging durch die enge, menschenerfüllte Stube, die Leute sahen zum Herzog hin, der unbeweglich mit gekreuzten Armen dasaß; – und dann erst zum Richter.

Dieser aber sprach: »Die Handschellen wären Euch schon vor Eurem Eintritt abgenommen worden, wenn Ihr so lange Geduld gehabt hättet, bis man Euch vorrief. Euer Freund aber, Tobias Klenk, wo immer ich es sein mag, hier in der Amtsstube bin ich es nicht.«

Auf seinen Wink wurden dem Tobias die Fesseln abgenommen und zugleich wies der Richter den Schreiber an, die Anklage gegen Tobias Klenk zur Verlesung zu bringen. Doch kaum hatte sich der Schreiber erhoben, als Tobias nach dem Papier griff, das jener in den Händen hielt, es zusammenknitterte und auf den Tisch warf. Er soll es mir nur nicht zu schwer machen, dachte Adalbert.

»Was kümmert mich das Papier!« rief Tobias. »Wo sind die Kerle, die mir meine Flinte weggenommen, mich geprügelt und mir Hand- und Fußschellen angelegt haben? Wo sind die Jagdgehilfen? Wo der Herr Oberjägermeister? Mit ihnen habe ich zu schaffen, nichts mit dem Papier.«

»Tobias Klenk,« sagte Adalbert Wogelein, und er hoffte, dass niemand das leise Zittern in seiner Stimme merken würde, »ich ermahne Euch, der Würde dieses Ortes eingedenk zu sein, der heute überdies durch die Anwesenheit Seiner Gnaden, unseres durchlauchtigsten Herzogs ausgezeichnet ist.«

Das hätte ich nicht sagen sollen, dachte er gleich und vernahm auch schon die milde, aber feste Stimme des Herzogs: »Meine Anwesenheit tut nichts zur Sache, Herr Richter.« Und mit einer leichten Handbewegung wehrte er zugleich die allzu tiefe, geradezu höhnische Verbeugung ab, zu der sich Tobias Klenk nun bequemte, als wäre er des Herzogs eben erst gewahr geworden.

Adalbert Wogelein aber wies den Schreiber durch einen Blick an, zu lesen, worauf dieser das zerknitterte Papier, das er schon vorher an sich genommen, völlig entfaltete und begann:

»Am heutigen Nachmittag, bei einem Rundgange durch das herzogliche Revier, kaum hundert Schritte weit vom eingefriedeten Park, betraf ich, der unterzeichnete herzogliche Oberjägermeister Franz Sever von Wolfenstein den hier gebürtigen, aber meist von hier abwesenden, übel beleumundeten Einwohner von Karolsmarkt Tobias Klenk« (hier lachte Tobias auf, und Adalbert schüttelte missfällig den Kopf, man wusste nicht, ob über des Tobias Lachen oder über die Bemerkung des Oberjägermeisters zu des Tobias Leumund) – »mit einer Jagdflinte im Arm. Obzwar ich nach bestehendem Gesetz berechtigt, ja vielleicht sogar verpflichtet gewesen wäre, bemeldetem Tobias Klenk die Waffe ohne Weiteres abzunehmen und ihn in Arrest führen zu lassen, verwarnte ich ihn vorerst und forderte ihn auf, sich unverzüglich aus dem Revier zu entfernen, das er offenbar nur zum Zwecke der Wilddieberei betreten hatte. Erst als er meine Aufforderung mit unverschämten, ja drohenden Worten erwiderte, pfiff ich um Sukkurs, worauf die in der Nähe befindlichen Jäger Kuno Waldhaber und Franz Rebler herbeieilten, bemeldetem Tobias Klenk die Flinte wegnahmen und, da er mit Händen und Füßen um sich schlug, sich überhaupt gebärdete wie ein Wütender, ihm Fesseln anlegten, worauf ich ihn in den Arrest nach Karolsmarkt abführen ließ, damit er vor dem ordentlichen Gericht in aller Form rechtens verhört und abgeurteilt würde, wegen folgender drei Vergehen, als da sind: erstens: unbefugtes Tragen einer Waffe im herzoglichen Revier, zweitens: geplante Wilddieberei und drittens: gewalttätiges Vorgehen gegenüber herzoglichen Angestellten im Dienst.«

Sofort, nachdem der Schreiber geendet, richtete Adalbert Wogelein das Wort an den Angeklagten. »Euer Name ist Tobias Klenk?«

»So wahr der deine Adalbert Wogelein ist.«

»Alter – dreiunddreißig Jahre, unvermählt –«

»Und hoffe, es zu bleiben.«

»Euer Beruf?«

»Bist du der überflüssigen Fragen nicht endlich müde, Adalbert?«

»Meine Pflicht ist zu fragen, wie die Eure zu antworten.«

»So setze in die Rubrik: Was er war, kümmert keinen; was er einmal sein wird, vermag er selbst heute noch nicht vorherzusagen; was er ist, sieht jeder auf den ersten Blick – und wer es nicht sieht, dem ist durch Worte nicht zu helfen.«

»Euer Witz ist etwas zeitraubend«, bemerkte Adalbert Wogelein. Und da er, zum Herzog schielend, zu bemerken glaubte, dass dieser lächelte, fügte er leichten Tones hinzu: »Somit werde ich auf eigene Verantwortung einschreiben: dermalen beschäftigungslos.«

»Wieso, Freund Wogelein? Deine Beschäftigung ist zu fragen, meine zu antworten. Ich kann mir so wenig helfen als du; wir stehen beide unter demselben Gesetz, doch glaube ich fast, dass mir wohler zumute ist als dir.«

Ein leises Murmeln ging durch den Raum. Adalbert Wogelein saß unbeweglich. Und trotzdem werde ich ihn freisprechen, dachte er, mag daraus werden, was will. »Bekennt Ihr Euch schuldig, Tobias Klenk?« fragte er.

»Nein«, erwiderte Tobias Klenk.

»So leugnet Ihr die Richtigkeit des Protokolls von des Herrn Oberjägermeisters Hand, das Euch eben vorgelesen wurde?«

»In den Tatsachen keineswegs, doch stelle ich in Abrede, dass diese Tatsachen eine Schuld zu bedeuten haben.«

»Ihr seid erstlich angeklagt, im herzoglichen Jagdrevier eine Waffe, und zwar eine Jagdflinte getragen zu haben, womit Ihr wissentlich ein strenges Gebot überschritten habt.«

»Ich weiß, dass dies ein Verbot ist, doch bestreite ich, dass man sich jedem, auch einem unsinnigen Verbot bedingungslos unterwerfen muss. So könnte es irgendeinem Fürsten einmal einfallen, ein

Gebot zu erlassen, dass niemand mit gelben Stiefeln sein Revier betrete, – oder dass kein Untertan mehr als drei Knöpfe an der Weste tragen dürfe. Wie denkst du, Adalbert Wogelein, wäre ich – oder wärst du gehalten, auch ein solches Gebot zu erfüllen, weil ein Fürst oder ein Oberjägermeister es erlassen?«

»Solche Verbote wären allerdings ohne Sinn,« erwiderte Adalbert, »und schon die Annahme, dass ein Fürst solche Gebote erlassen könnte, bedeutet gewissermaßen eine Beleidigung der fürstlichen Autorität . . . Aber es handelt sich hier um das Verbot des Waffentragens, das keineswegs unsinnig ist, sondern, wie jedermann weiß, den offenbaren Zweck hat, die Wilddieberei zu verhindern.«

»Ich erkläre jedes Verbot als unsinnig,« sagte Tobias, »durch das zugunsten eines Mächtigen die Freiheit von tausend Geknechteten willkürlich beschränkt wird. Und ich erkenne eine Welt nicht an, in der dem einen unbeschränkte Gewalt verliehen ist zu befehlen, und hunderttausend andere verdammt sind, ihm zu gehorchen; eine Welt, wo der eine, der den Rehbraten verspeist, wann es ihm beliebt und ohne dafür zu bezahlen, überdies noch den andern darf einsperren lassen, der auch nur im Verdacht steht, Lust auf den Rehbraten verspürt zu haben.«

Das Raunen und Murmeln ringsum wuchs an. Adalbert Wogelein fühlte es heiß in seine Stirn steigen, denn der Satz, den Tobias Klenk eben vorgebracht, sah einem zum Verwechseln ähnlich, den Adalbert selbst vor wenigen Tagen am Wirtshaustisch »Zum Goldenen Ochsen« ausgesprochen hatte. Doch er behielt die Fassung und bemerkte mit überlegenem Lächeln: »Dies ist eine Philosophie, Tobias Klenk, über die Ihr Euch mit Gelehrten und Staatsmännern oder mit wem immer am Wirtshaustisch unterhalten mögt. Für uns hier bei Gericht steht nur der Kasus als solcher infrage. Und was diesen anbelangt, kann ich Euere bisherigen Antworten nur einem Geständnis gleichsetzen, – dass Ihr deshalb mit der Flinte ins herzogliche Revier gekommen seid, um Euch . . . auf wohlfeile Weise einen Rehbraten zu verschaffen.«

»Leg' mir nichts in den Mund, was ich nicht gesagt habe, Adalbert. Man trägt Waffen zu mancherlei Anlass, manchmal sogar zum eigenen Schutz. Dass ich die Waffe zum Zwecke der sogenannten Wilddieberei getragen, ist nicht bewiesen.«

»Hierüber wird das Gericht entscheiden«, bemerkte Adalbert rasch. Und fügte hinzu: »Wir kommen nun zu dem dritten Punkt der Anklage: dass Ihr Euch der Entwaffnung widersetzt und gegen die herzoglichen Jäger tätlich vergangen habt.«

»Auch dies gestehe ich zu, – doch keineswegs als Schuld. Die Flinte ist mein Eigentum und gewiss so redlich von mir erworben, wie manches Jagdrevier und weiteres Gebiet von manchem deutschen Fürsten erworben ward. Kein Mensch hatte das Recht, mir mein Eigentum abzuverlangen oder gar zu entreißen. Ich aber war wohl berechtigt, mich meiner Haut zu wehren, als zwei bewaffnete Kerle über mich herfielen, die keinerlei Strafe zu erwarten gehabt hätten, auch wenn ich bei dieser Gelegenheit umgebracht worden wäre.«

»Es ist mit Gewissheit anzunehmen,« sagte Adalbert mild, »dass Euch nichts zuleide geschehen wäre, wenn Ihr Euch gutwillig gefügt hättet, Tobias Klenk.«

»Ich bin der Mann nicht, mich zu fügen, auch wo mein Recht nicht über allem Zweifel steht. Und ich sollte es tun, wo mir Unrecht und Gewalt angetan wird?«

»Somit gesteht Ihr also zu,« sagte Adalbert Wogelein, und es ward ihm schwül zumut, denn er fühlte, dass die Verhandlung ihrem Ende nahte und die Entscheidung, nicht über des Tobias Klenk Schicksal allein, in seine Hand gelegt war – »somit gesteht Ihr auch zu, dass Ihr Euch der Verhaftung tätlich widersetzt habt. Habt Ihr in diesem Punkte etwas zu Eurer Rechtfertigung vorzubringen?«

»Ich habe mich nicht zu rechtfertigen, da ich mir keiner Schuld bewusst bin, sondern ich erhebe Anklage, und zwar vorerst –«

Eilends unterbrach ihn Adalbert. »Habt Ihr eine Anklage vorzubringen, so mögt Ihr es zu gelegener Zeit und in ordnungsgemäßer Weise tun. Noch vier Fälle harren heute meines Spruchs. Wir müssen zu Ende kommen.«

»Ich klage an«, begann Tobias Klenk von Neuem –

»Stille«, rief Adalbert Wogelein und dachte bei sich: Es ist ihm nicht zu helfen – und mir auch nicht.

»Ich klage an,« rief Tobias Klenk, »erstens die beiden Jagdgehilfen Kuno Waldhaber und Franz Rebler, ferner den Oberjägermeister Franz Sever von Wolfenstein und drittens« –

Nur weiter, dachte Adalbert Wogelein, er gräbt sich selber sein Grab ... und das könnte mich retten ...

»Und zum Dritten«, schrie Tobias, »erhebe ich die Anklage gegen den Fürsten dieses Landes, den Herzog –«

»Es ist genug«, rief Adalbert Wogelein mit erhobener Stimme, während aller Augen sich neugierig auf den Herzog richteten, dessen Miene nicht die geringste Bewegung verriet. »Die Anklage gegen den Landesherrn ist bei den Gerichten dieses Landes unzulässig. Doch steht es jedem Untertanen frei, der sich in seiner Ehre oder seinem Wohlergehen, durch wen immer es sei, auch durch den Fürsten seines Landes, gekränkt fühlt, die Klage beim Reichsgericht in Wetzlar einzubringen.« Er atmete tief auf, denn nun war er dem verwegenen und unverschämten Menschen so weit entgegengekommen, als es überhaupt möglich war. »Was aber nun den heute zur Verhandlung stehenden Fall anbelangt,« – er erhob sich, – »so spreche ich, Adalbert Wogelein, Richter in Karolsmarkt, Euch, Tobias Klenk, im Namen Seiner Gnaden des durchlauchtigsten Herzogs in drei Punkten – nach

Euerm eigenen Geständnis – schuldig. Erstlich wegen Tragens einer verbotenen Waffe, zweitens wegen versuchter Wilddieberei und drittens wegen tätlicher Widersetzlichkeit gegen Beamte in Diensten Seiner Gnaden des Herzogs. Dass Ihr mit der Jagdflinte im herzoglichen Revier betroffen seid, könnt Ihr selbst nicht leugnen. Dass Ihr sie zu einem andern Zweck als zu dem der Wilddieberei getragen habt, ist durchaus unglaubwürdig. Dass Ihr Euch gegen Eure Festnahme mit unerlaubten Mitteln zur Wehr gesetzt, worauf Gefahr für Gesundheit und Leben der in Ausübung ihrer Pflicht handelnden Personen erfolgte, ist gleichfalls erwiesen. Somit verurteile ich Euch« – er zögerte, denn nun fühlte er, dass er im Begriff war, den Schicksalsspruch über sich selbst zu fällen – »zu Gefängnis in der Dauer von einem Jahr und nachheriger Landesverweisung.«

In diesem Augenblick war Adalbert auf mancherlei gefasst. Er hielt es ebenso für denkbar, dass Tobias Klenk ihn sofort als Verschwörer und Spießgesellen angeben, als auch, dass er sich auf ihn stürzen und ihn tätlich angreifen würde. Scharf sah er ihm ins Auge, als wollte er ihn durch seinen Blick in Schach halten, doch vermochte er in dem des Tobias nichts anderes zu lesen als den Ausdruck einer grenzenlosen Verachtung. Noch unheimlicher aber war ihm, dass der Herzog nach wie vor schweigend, unbeweglich, mit über der Brust gekreuzten Armen auf seinem Platz sitzen geblieben war.

Adalbert gab dem Gerichtsdiener einen Wink, den Verurteilten abzuführen. Dieser, ohne den Richter, den Fürsten oder sonst einen der Anwesenden auch nur eines Blicks zu würdigen, wandte sich zur Türe und ging. Die Übrigen blieben in der Gerichtsstube und, wie durch das Schweigen und die Unbeweglichkeit des Fürsten in Bann gehalten, sahen einander wohl unsicher an, verhielten sich aber völlig regungslos.

Adalbert, einsam wie in einem luftlosen Raum, ließ wieder, fast ohne es selbst zu wissen, sein »Weiter« vernehmen. Er nahm einen Akt zur Hand, der vor ihm lag, wandte sich an den Schreiber, als hätte er ihm irgendetwas darauf Bezügliches zu sagen, und nahm die Gelegenheit wahr, ihm zuzuflüstern: »Sorgt dafür, dass der Tobias in eines der unteren völlig sicheren Kellergelasse eingeschlossen werde.« Der Schreiber nickte, erhob sich, – zugleich trat ein Bauer mit seinem Weibe ein, als Klägerin gegen ihren Mann, der sie misshandelt hatte.

Noch als Adalbert Wogelein die ersten Fragen an die beiden stellte, erhob sich der Herzog; als Adalbert das gleiche tat, wehrte der Herzog ab, sagte mild: »Ihr dürft Euch nicht stören lassen, Herr Richter!«, grüßte nach allen Seiten und ging, wie er gekommen, ohne auch nur durch ein Wort seiner Zufriedenheit oder seiner Missbilligung Ausdruck zu verleihen. Von der Türe aus winkte er, ohne zu lächeln, dem Richter huldvoll zu, der trotzdem nicht vermochte, sich beglückt zu fühlen.

Die Leute, die nun dem Herzog nachströmten, verwies er unwirsch zur Ruhe und fuhr in der Vernehmung des Ehepaares fort. Der Schreiber kam zurück und bedeutete dem Richter durch einen Blick, dass dessen Auftrag bestellt und ausgeführt sei. Adalbert Wogelein brachte die Angelegenheit mit dem uneinigen Ehepaar eilig und etwas verdrossen zu Ende, noch eiliger die nächsten Streitfälle, schloss vorzeitig die Gerichtsstunde, vergewisserte sich beim Gefängnisaufseher, dass Tobias sich in sicherem Gewahrsam befinde, und mahnte nochmals, dass man ja keinerlei Vorsichtsmaßregeln gegenüber Tobias Klenk außer Acht, dass man es ihm aber an reichlichem Essen und Trinken nicht fehlen lassen dürfe.

Auf der Straße erfuhr er, dass der Herzog indes einige Handwerker aufgesucht hatte; so einen Goldschmied, dem er ein paar Schmuckstücke abgekauft, einen Drechsler, von dem er ein Schachspiel erworben; – und dass er sich jetzt eben in der Kirche aufhalte, nicht etwa, um seine Andacht zu verrichten, sondern, um sich von dem Schullehrer, der als geschickter Organist bekannt war, auf der Orgel vorspielen zu lassen. Die mächtigen Töne drangen an Adalberts Ohr, als er an der Kirche vorbeiging, vor der der Wagen des Herzogs wartete. Im Übrigen war die Straße fast leer, da die Menge dem Herzog in das Gotteshaus gefolgt war.

Der Tag war schwüler, als es zu dieser frühen Jahreszeit der Fall zu sein pflegte, kein Lüftchen rührte sich, und Adalbert war es an Leib und Seele nicht behaglich zumute. Obzwar er sich selbst das

Zeugnis erteilen musste, dass er sich in seiner unsäglich schwierigen Lage so würdig und klug betragen, als nur immer möglich war; er fühlte sich nicht nur seltsam unsicher, sondern auch unzufrieden mit sich selbst, wie nie zuvor. Er fragte sich aufs Gewissen, ob sein Spruch anders ausgefallen wäre, wenn der Fürst der Verhandlung nicht beigewohnt hätte. Doch hier erhob sich gleich die zweite Frage, ob nicht vor allem Tobias Klenk in diesem Falle sich anders benommen, – ob sanfter oder frecher war freilich schwer zu sagen. Nun, wie immer, nach dem offenbaren Tatbestand war es nicht möglich gewesen, den Tobias Klenk jeder Strafe zu entheben; und ob man ihn nun auf ein halbes oder für ein ganzes Jahr hinter Schloss und Riegel sperrte, das machte keinen großen Unterschied.

Was den Richter Wogelein am schlimmsten peinigte, das war, dass er sich seinem Weibe gegenüber gerühmt hatte, er würde den Tobias in jedem Falle völlig frei ausgehen lassen. Aber war sie von dieser seiner Absicht nicht selbst aufs Heftigste erschreckt gewesen und musste nun erleichtert aufatmen, wenn sie hörte, dass Tobias Klenk seine Schuld gar nicht geleugnet und sich vor Gericht so über alle Maßen frech und herausfordernd betragen hatte, als legte er es geradezu darauf an, das strengste Urteil über sich heraufzubeschwören? Was mochte nur hinter diesem Betragen für eine geheime Absicht gesteckt haben? War es nur leidige Prahlsucht gewesen? Oder ehrliche innere Empörung? Oder am Ende nur der boshafte

Drang, den alten Freund und Schulkameraden, den Richter Adalbert Wogelein, in die Tinte zu bringen?

Bei diesem Gedanken überlief es ihn kalt. Was wusste er am Ende von des Herzogs wahrer Gemütsart und eigentlichem Wesen? Hatte der Schreiber heute Morgen nicht allerlei verlauten lassen von unangenehmen Dingen, die gewissen Räten in der Residenz zugestoßen waren? Ob man es mit einem milden oder gar edlen Fürsten zu tun hatte, oder mit einem verschlagenen, grausamen Herrn, das musste sich erst erweisen. Und keineswegs war es außer dem Bereich aller Möglichkeit, dass vor dem Hause des Richters Wogelein schon die Häscher warteten, um ihn wegen geheimen Einverständnisses mit einem frechen und staatsgefährlichen Gesellen festzunehmen und in den Kerker zu schleppen. Durch die undurchdringliche, aber herablassende Art des Herzogs in trügerische Sicherheit gewiegt, hatte Adalbert die furchtbare Gefahr, in der er schwebte, bisher kaum erwogen. War es nicht geraten vorzubauen, soweit das noch möglich war? Sollte er nicht unverzüglich Audienz nehmen beim Herzog und ihn aufklären, dass es mit ihm, dem Richter Wogelein, keineswegs so bestellt sei, wie man nach des Tobias Klenk Geschwätz und Gebaren wohl hätte vermuten dürfen? Dass er ein redlicher und treuer, wenn auch eigenwillig und mutig denkender Beamter des Herzogtums war, der sich in seinem Leben nichts Böses hatte zuschulden kommen lassen?

Und nun erst kam die rechte Erbitterung über ihn. Welch ein heilloser Narr dieser Tobias in jedem Falle! Was war ihm nur ins Gehirn gefahren, dass er sich vor dem Herzog als Empörer gebärdet, ja bekannt hatte, ehe die Zeit für solche Vermessenheit gekommen war? Hatte er nicht Verdacht geweckt gerade an der Stelle, wo Mittel zu Gebote standen, Verschwörungen nachzuspüren, sie im Keim zu ersticken und ihre Anstifter aufs Grausamste zu bestrafen? Und was hatte es überhaupt für eine Bewandtnis mit der Verschwörung, von der Tobias immer in dunklen Worten redete? Und wo steckten sie denn, die Kameraden, die nur auf die Zeichen warteten? Und was waren das für Zeichen, die kommen sollten –? Ha, ob dem Tobias Klenk nicht am Ende selbst bange geworden war vor gewissen Verpflichtungen, die er auf sich genommen, vor Schwüren, die er geleistet – und ob er sich nicht einfach ins Gefängnis hatte sperren lassen, um vor den Mahnungen und Befehlen seiner Spießgesellen in Sicherheit zu sein? – Und nun stand er, Adalbert Wogelein, als der allein Verantwortliche, als eingeweiht gewissermaßen, stand selbst als ein Verschworener da, gerade er, der im Grunde von der ganzen Sache so gut wie gar nichts wusste und nicht das Geringste verstand –?

Und wie, wenn nun die Verschwörer, die jetzt, wenn man dem Tobias glauben durfte, verstreut, an verschiedenen Orten des Deutschen Reichs in der Verborgenheit warteten, hier in Karolsmarkt erschienen und ihn zur Rechenschaft forderten dafür, dass er den Tobias Klenk ins Gefängnis gesperrt hatte –?

Schweißtropfen perlten ihm auf der Stirn. Gefahren überall – es war, um toll zu werden. Er war so rasch gegangen, dass er sein Haus schon zu sehen vermochte, das, als das letzte im Ort, in freundlicher Spätnachmittagsstille mit blühendem Flieder im Vorgarten, friedlich und unbeirrt heiter dalag, obzwar indes graue Wölkchen am Himmel heraufgezogen waren. Nun, hier sah es keineswegs danach aus, als wenn Häscher irgendwo im Hinterhalt lauerten.

Doch nun war es ein anderer Gedanke, der ihn ganz plötzlich beunruhigte und schlimmer beinahe, als es die früheren getan: Er musste sich gestehen, dass er dem Wiedersehen mit Agnes geradezu mit Angst entgegensah. Am Morgen, da er das Haus verlassen, war sie noch zu Bette gelegen, und eine unbegreifliche Befangenheit hatte ihn erfüllt, als sie ihm mit fremdem Blick, in dem keine Erinnerung des vergangenen Abends mehr zu schimmern schien, die Stirne zum Morgenkuss geboten und sich gleich wieder, als wollte sie den Beginn eines neuen Tages überhaupt noch nicht wahrhaben, abgewandt und die Augen geschlossen hatte. Wie würde sie ihn nun empfangen? Wie aufnehmen, was er ihr zu erzählen hatte?

Er fand Agnes im Erker sitzen, den Blick dem Wäldchen zugewandt, das, ein paar Schritte von hier beginnend, sich bis zum Schlosse Karolslust und darüber hinaus erstreckte, und eine Häkelarbeit ruhte ihr im Schoß. Sonst, wenn sie Adalberts Schritt nur hörte, pflegte sie ihre Arbeit zu unterbrechen und ihm entgegenzugehen. Heute aber schien sie seinen Eintritt zuerst nicht zu bemerken; dann, ganz plötzlich, erhob sie sich, lief ihm entgegen und umhalste ihn so stürmisch, wie es sonst ihre Art nicht war. Zuerst stutzte er, dann dachte er aufatmend: Sie weiß schon! Man hat ihr berichtet, wie würdig ich mich gehalten habe, und sie ist stolz auf ihren Gatten. Er überließ der Magd Mantel und Hut, und heiter bemerkte er: »Das Essen ist hoffentlich fertig. Ich darf sagen, dass ich mich bei recht gutem Appetit befinde.«

Als die Magd das Zimmer verlassen, wollte Agnes, wie sie es manchmal halb scherzend zu tun pflegte, selbst die Perücke vom Haupte ihres Gatten entfernen. Er ließ es sich nicht gefallen und behielt sie, als gälte es, Würde zu bewahren, auf dem Kopf.

»Nun, wie hat man sich heute den ganzen Tag befunden?« fragte er vergnügt. »Viel geschafft in Haus und Garten? Besuch empfangen?«

Sie verneinte. Er wunderte sich. Wenn niemand dagewesen war, woher wusste sie? Und wenn sie nicht wusste, was war es, das sie so fröhlich machte? Und vorsichtig fragte er: »Was hast du denn, meine liebe Frau? So guter Dinge und dabei so schweigsam kenn' ich dich gar nicht.«

»Denk' nur, Adalbert«, sagte sie, und ihre Augen leuchteten. »Gleich nachdem du fortgingst heute

Morgen, ich war eben aufgestanden, fuhr der Herzog vorbei und winkte mir einen Gruß zu.«

Dem Adalbert Wogelein wollte das Herz vor Grimm erstarren. Er ließ sich's nicht merken, und mit abgewandtem Gesicht sagte er: »Das ist weiter nicht wunderbar. Er kann wohl nicht anders als an unserem Haus vorbeifahren, wenn er von der Residenz über Karolslust in den Markt will.«

»Und ich, denk' nur Adalbert, erkannte ihn nicht gleich. Ich dachte, es sei ein Hofkavalier oder sonst was von der Art. Erst als er lächelte und grüßte, wusste ich, dass er es war und kein anderer. Und da verneigte ich mich tief.« Und in der Erinnerung neigte sie sich wieder und blieb eine Weile in dieser Haltung stehen.

»Da hast du recht daran getan,« sagte Adalbert mit noch verhaltenem Grimm, »dass du dich so höflich verneigt hast. Es muss freilich etwas komisch ausgesehen haben, wenn du dabei geradeso rot geworden bist, wie jetzt, – da du mir's berichtest.«

Mühselig beherrscht, nahm er sie um die Hüfte, sie sah ihn befremdet von der Seite an, und er geleitete sie zum Tisch, wo eben die Suppe aufgetragen war.

Agnes teilte vor und sagte: »Es mag wohl sein, dass ich ihm etwas komisch erschienen bin, denn er wandte sich lächelnd nach mir um und winkte mir nochmals einen Gruß zu.« Sie hob die Hand und winkte in der gleichen Art, wie es der Herzog getan haben mochte.

»Ist es möglich?« rief Adalbert, mit dem Löffel heftig in seinem Teller rührend, »winkte dir einen Gruß zu? Was für ein herablassender, gnädiger Herr. Nun, wenn die Tante Katharina am Fenster gestanden wäre, dann hätte sich der Herzog wohl nicht umgewandt, vielleicht kaum gegrüßt, – die würdige Frau am Ende gar nicht bemerkt.« Und er lachte überlaut.

»Was sprichst du denn da, Adalbert! Meinst du wirklich, sein Gruß galt meiner Jugend, meinem Blondhaar und glatten Gesicht? Er grüßt gewiss alle Menschen, Frauen und Männer, Junge und Alte auf die gleiche Weise. Hättest du ihn nur gesehen! Welche Güte, welcher Adel, welche Heiterkeit in seinem Blick! Es hat mich froh gemacht für den ganzen Tag. Nicht nur um meinetwillen, Adalbert, für uns alle!«

»Wahrhaftig, Agnes, was du aus seinem Antlitz alles herauszulesen vermochtest! Es muss wohl an mir liegen, dass mir nicht das Gleiche gelang. Was freilich daher kommen mag, dass ich ihn leider nicht lächeln, sondern nur eine ganz verdammte Tyrannenfratze schneiden sah.«

Ihr blieb der Löffel zwischen Mund und Teller stehen. »Was sagst du da? Du hast den Herzog gesehen, Adalbert?«

»Nun, was ist daran wieder Wunderbares? Denkst du, im Markte habe er sich unsichtbar gemacht? Oder er habe nur Schule, Bürgermeisteramt und Kirche besucht, ein Schachspiel, Kettlein und Ringe gekauft und sich Orgel vorspielen lassen? Bei

Gericht war er gleichfalls, wie sich's gehört, – und hatte die besondere Gnade, wohl eine Stunde lang oder mehr meiner Amtierung beizuwohnen.«

Sie erblasste. »Und das sagtest du mir nicht gleich, Adalbert? Was ist geschehen? Was sprachst du da früher von Tyrannenfratze und verdammt? Rede, Adalbert, rede! Mir ist, als hätte ich zu heiterer Laune keinen Anlass mehr! Er war dabei, als du über Tobias Klenk zu Gericht saßest? Rede, Adalbert! – Du hast den Tobias – am Ende gar freigesprochen?«

Adalbert runzelte die Stirn. »Wenn ich's nicht getan, so war es nur, um ihn vor Schlimmerem zu bewahren.« Und den Teller von sich wegschiebend: »Dass du's nur gleich weißt, Agnes, um des Tobias Klenk willen war der Herzog nach Karolsmarkt gefahren.«

»Wie?!«

»Alles andere geschah nur zum Schein. Es war ihm nämlich unverzüglich hinterbracht worden, dass der Oberjägermeister von Tobias Klenk so übel behandelt worden sei, und man ließ mich wissen – dass du's nicht verrätst, Unglückselige – es werde gewünscht, dass den Tobias die strengste Strafe ereile, kurz und gut, dass er gehängt werden sollte. Denn es ist kein Zweifel, dass das Gerücht von der Verschwörung, die sich vorbereitet, auch schon zum Herzog gedrungen ist.«

»Um Himmels willen«, rief Agnes und rührte keinen Bissen von dem Braten an, der eben aufgetragen worden war. »So geht's am Ende auch dir an den Kragen?«

Adalbert stürzte ein Glas Wein hinunter. »Nicht von mir ist die Rede – bis auf Weiteres – aber dass du's nur weißt: so verhält es sich in Wahrheit, Agnes, so sieht dein edler, gütiger Herzog in der Nähe aus. Hängen lassen einen armen Teufel, der seiner Mutter was zum Essen heimbringen will! – Und wenn du den Kerl gesehen hättest, Agnes, der sich heute in aller Frühe, ehe ich ins Amt trat, an mich heranschlich und mir zu verstehen gab, man werde meine Dienste zu belohnen wissen! Aus welchem Stoff, frage ich mich, schafft unser Herrgott solche Visagen? Und wie sind einem Fürsten dergleichen Kreaturen immer sofort zur Hand? Und wie machen sie's, dass sie in den Erdboden verschwinden, wenn sie ihr Sprüchlein aufgesagt haben?«

»Erzähl' doch, erzähl' doch«, sagte Agnes mit erstickter Stimme.

»Als wüsstest du nicht schon genug«, entgegnete Adalbert. »Plötzlich saß der Herzog da, niemand wusste, wie er hereingekommen war. Dass er selbst in höchsteigener Person erscheinen würde, das hatte jener Kerl verschwiegen. Aber nun, als ich ihn da sitzen sah, den Herzog, wusste ich, dass er nur wegen des Tobias Klenk aus der Residenz hierhergefahren war, den man ihm als Anführer denunziert hatte. Ich aber ließ mich's nicht anfechten, waltete meines Amtes weiter wie jeden Tag und gab nicht eher Weisung, den Tobias vorzuführen, als bis die Reihe an ihn kam. Der aber schien es geradezu darauf angelegt zu haben, sich um den Hals zu reden. Nicht nur, dass er ohne Weiteres gestand, wessen er beschuldigt war, zum Überfluss hielt er noch eine Rede gegen Fürstentum und Tyrannei, behandelte mich dabei als seinen Duzkameraden, so, als hätte er es verwettet, dass ich neben ihm am Galgen hängen sollte – wahrhaftig, er hat es nicht um mich verdient, dass ich ihn so gelind behandelte, wie ich's tat, und ihn nur zu ein paar Monaten verurteilte, noch weniger aber verdient er's, dass ich ihn, wie es meine feste Absicht ist, sobald es irgend angeht, vielleicht noch in dieser Nacht, aus dem Gefängnis befreien und in sicherer Hut über die Grenze schaffen lasse, um ihn vor der Rache des Herzogs zu erretten.«

»Ist dies dein Ernst?« rief Agnes aus.

»So wahr ich hier an diesem Tische sitze.«

»Nun,« rief Agnes, »da mir Gott solch einen unverbesserlichen Narren zum Mann gegeben hat, so will ich selbst um Audienz beim Herzog ansuchen und ihn anflehen, dass er dich dein Betragen nicht soll büßen lassen, weil ja nur der Tobias Klenk an allem schuld ist, der dich verrückt gemacht hat.«

»Was fällt dir ein, Unglückselige,« schrie Adalbert auf. »Willst du mich dem Herzog in die Hände liefern, dem in diesem Augenblick doch wohl noch keinerlei triftige Beweise gegen mich vorliegen?« Er packte sie bei den Schultern und hielt sie fest, als hätte er Angst, dass sie ihr Wort gleich wahrmachen könnte. »Oder wünschest du etwa – dass ich ohnmächtig hinter Kerkermauern schmachte, damit der elende Wüstling ungehindert –«

In diesem Augenblick ließ sich von der Straße her ein dumpfer Krach vernehmen. Da der Himmel sich indes völlig umwölkt hatte, dachte Adalbert zuerst, es könnte ein Donnerschlag sein, aber es hatte doch anders geklungen; etwa so, wie wenn irgendein schwerer Gegenstand niedergestürzt wäre. Agnes lief ans Fenster, beugte den Kopf hinaus, wandte sich zurück an Adalbert, der in ahnungsvollem Schreck dastand, wie an den Boden gewurzelt.

»Ein Wagen ist – umgefallen«, sagte Agnes tonlos. Adalbert trat zu ihr. Am Fenster vorbei lief eben die Magd der Unfallstelle zu.

Etwa fünfzig Schritte vom Hause entfernt, auf offener Straße, lag die Hofkarosse. Der Kutscher richtete sich eben aus dem Felde auf, auf das der Sturz ihn hingeschleudert; ein Lakai, etwas gekrümmt, reichte seine Hand einer männlichen Gestalt entgegen, die unter allerlei Körperverrenkungen unter dem Wagen emportauchte, plötzlich aufrecht dastand und die Arme reckte. Es war der Herzog. Sie hörten seine Stimme, ohne die Worte verstehen zu können. Er wandte sich anscheinend mit beruhigenden Worten an einige Leute, die herbeigeeilt waren, und schien dem Lakai einen Befehl zu erteilen. Der Kutscher war schon mit den Pferden beschäftigt, der Herzog sah rings um sich, und sein Blick fiel sofort auf das alleinstehende Haus des Richters, ohne dass er von seinem Standort aus die beiden Köpfe am Fenster hätte wahrnehmen können.

Nach kurzer Überlegung schritt er dem Hause zu, die Magd lief ihm voraus, Gartenpforte und Haustür waren offen geblieben. Die Magd stürzte ins Zimmer, vermochte aber kein Wort herauszubringen, wies hilflos mit beiden Armen hinter sich und verschwand wieder. Adalbert und Agnes sahen einander mit leeren Blicken an. Sie hörten Schritte draußen. Adalbert, zuerst seine Fassung gewinnend, ging dem Herzog in den Vorraum entgegen und empfing den Eintretenden mit einem tiefen Bückling.

Der Herzog erkannte ihn sofort. »So, ist das Euer Haus, mein werter Herr Richter? Das trifft sich gut. Wollt Ihr mir Obdach gewähren, bis der kleine Schaden an meinem Wagen repariert ist?«

Die ersten schweren Regentropfen fielen eben auf die Schwelle.

»Herzogliche Gnaden«, begann Adalbert, ohne vorerst ein weiteres Wort herauszubringen, und mit devoter Gebärde wies er auf die offene Tür ins Wohngemach. Der Herzog trat ein, Adalbert folgte.

Agnes, immer noch am Fenster, hatte dem Eintretenden den Kopf zugewandt. Sie neigte sich kaum; die Blässe ihres Angesichts, das Leuchten ihres Blicks, das schlaffe Niedersinken ihrer Arme war Gruß genug.

Der Herzog wandte sich flüchtig zu Adalbert, der in gebückter Haltung hinter ihm stand. »Eure Hausfrau, Herr Richter?« Und, ohne eine Antwort abzuwarten, vor Agnes hintretend: »Heute Morgen, als ich vorüberfuhr, hielt ich Euch für ein junges Mädchen. Willkommene Fügung, dass mir das Rad gerade vor diesem Hause aus der Achse lief. Schlimmeres nämlich ist nicht geschehen. Ich werde Euch nicht lange zur Last fallen. Aber ich habe Euer Mahl unterbrochen, das war nicht die Absicht; mit Eurer Erlaubnis werde ich an Eurem Tische Platz nehmen.«

»Durchlauchtigster Herzog,« sagte Adalbert und rückte einen Sessel zurecht, »die Ehre, die unserem geringen Hause widerfährt, ist so groß, dass auch der untertänigste Dank weit hinter dem Gefühl unseres Glückes zurückbleiben musste.« Er warf einen raschen zwinkernden Blick zu Agnes hin, mit dem er sie glauben machen wollte, dass nur versteckter Hohn seiner Rede eine so demütige Fassung verliehen.

Agnes aber, völlig in den Anblick des Herzogs verloren, hatte kaum gehört, was Adalbert gesprochen. Der Herzog lud sie durch eine Gebärde ein, Platz zu nehmen. Sie stand regungslos. Adalbert gab ihr einen Wink, der Aufforderung des Herzogs Folge zu leisten. Sie merkte nichts davon. Nun trat der Herzog selbst auf sie zu, ergriff ihre Hand, führte sie nach höfischer Sitte an den Tisch hin; und erst, als sie sich niedergelassen, setzte er selbst sich ihr gegenüber, während Adalbert unschlüssig stehenblieb.

»Nun, Herr Richter,« meinte der Herzog lächelnd, »wollt Ihr uns nicht Gesellschaft leisten?«

»Durchlauchtigster Herzog,« erwiderte Adalbert, »unser Mahl war bereits zu Ende. Aber ich bitte um gnädige Erlaubnis, Durchlaucht einen Imbiss und einen Trunk anzubieten.«

Der Herzog entgegnete, dass er gern von den verzuckerten Früchten und dem Backwerk ein paar Bissen verzehren und dazu einen Schluck Wein trinken wolle. Adalbert brachte Teller und Glas, teilte vor und schenkte ein. Nun aber bestand der Herzog darauf, dass Adalbert sich niedersetze; trank seinen Gastgebern zu und forderte sie auf, ihm Bescheid zu tun.

Adalbert tat so, Agnes aber hielt ihr Glas fest umklammert, und erst ein neuer ermutigender Blick des Herzogs vermochte sie dazu, ihr Glas an die Lippen zu führen und daran zu nippen. Adalbert schenkte dem Herzog von Neuem ein, dieser trank, aß eine verzuckerte Aprikosenschnitte, sah sich beifällig im Zimmer um, lobte die blitzblanke Wohlgehaltenheit des Raums, die hübsche Lage des Hauses, das anmutige Gärtchen; seine Worte flossen freundlich-harmlos dahin, er legte es sichtlich darauf an, der schönen Hausfrau jede Befangenheit zu nehmen. Adalbert aber, so sehr er es bedauerte, dass der Herzog bei dem Sturz mit dem Wagen sich nicht den Hals gebrochen, fühlte sich widerstandslos von dem Glanz geblendet, den die Anwesenheit des Fürsten in seinem Haus verbreitete.

Der Herzog äußerte sich mit Anerkennung über das treffliche Spiel des Organisten, woran er sich eben in der Kirche erfreut, und pries die Geschicklichkeit der Handwerker, bei denen er Waren eingehandelt hatte; der Besuch der Schule war gleichfalls zu seiner Zufriedenheit abgelaufen, für das reinliche Aussehen sowie die Betriebsamkeit des Städtchens fand er die freundlichsten Worte und kargte nicht mit Lob für die Person des Bürgermeisters, den er schon in früher Morgenstunde, völlig unerwartet aus der Residenz vor dem Stadthaus eintreffend, fleißig über den Stadtakten angetroffen habe.

»Der Bürgermeister, Herzogliche Gnaden,« erlaubte sich der Richter einzuwerfen, »ist der Vater meiner Frau.«

Der Herzog nickte und lächelte zu Agnes hin, die noch immer keine Silbe gesprochen und mit großem Blick an den Lippen des Herzogs hing. »So habt Ihr denn, schöne Frau,« sagte der Herzog, »nicht nur einen guten Ehemann, sondern einen vorzüglichen Vater; und ich freue mich, so treffliche Männer in meinen Diensten zu wissen.« Und sich an Adalbert wendend, dem das Herz nun wieder heftig zu klopfen anfing. – »Die Stunde bei Gericht, warum soll ich's verschweigen, war mir die merkwürdigste von allen. Und besonders die Erscheinung dieses abenteuerlichen Gesellen in gelben Stiefeln, wie hieß er doch nur?«

»Tobias Klenk, Herzogliche Gnaden.«

– »war mir unterhaltend und lehrreich zugleich. Ich hätte kaum gedacht, dass es in meinem kleinen Lande so originale Köpfe gibt.«

Adalbert Wogelein hielt den Atem vor angstvoller Spannung an, und der Herzog sprach weiter: »Ich finde es sehr lobenswürdig von Euch, Herr Richter, dass Ihr es nicht verschmäht, Euch mit solchen Subjekten, wenn sich's so fügt, an einen Tisch zu setzen. Nur auf solche Weise gewinnen Menschen, deren Beruf Einblick in andere menschliche Seelen erfordert, Kenntnisse und Erfahrungen, die ihnen sonst leicht versagt bleiben.«

»Dies habe ich früh eingesehen, Herzogliche Gnaden«, bemerkte der Richter mit einem unsicheren Blick zu Agnes hin, die sich in ihrem Schweigen immer weiter von ihm zu entfernen schien, und er fügte hinzu: »Es gibt allerhand gefährliche Gesellen in unserem Land.« Dies hatte er eigentlich nicht sagen wollen, aber nun war es einmal geschehen.

»Da mögt Ihr Recht haben, Herr Richter«, sagte der Herzog. »Aber zu diesen gefährlichen Menschen scheint mir der Tobias Klenk nicht zu gehören. Dergleichen Subjekte sind nicht ernst zu nehmen. Zum Mindesten bedeuten sie nichts für sich allein. Vereint mit vielen ihresgleichen und innerhalb einer aufgeregten Masse können sie wohl Unheil stiften, aber hierzulande besteht wenig Gefahr, dass die Ansichten, die der närrische Mensch vor Gericht großtuerisch zum Besten gab, bei meinen wohlgesinnten Untertanen irgendwelchen Widerhall fänden. Wie denkt Ihr darüber, Herr Richter Adalbert Wogelein?«

»Hierfür, Herzogliche Gnaden, glaube ich gleichfalls mich verbürgen zu können. Freilich, wenn mir eine Bemerkung verstattet ist –«

»Sprecht nur frei, Adalbert Wogelein«, sagte der Herzog.

»Auch als einzelne Personage, Durchlauchtigste Gnaden, wäre gerade Tobias Klenk nicht als ungefährlich anzusehen, wie Durchlauchtigste Gnaden es in fürstlicher Milde anzunehmen geruhen. Solches hat er nicht nur durch sein Verhalten gegenüber dem Herrn Oberjägermeister und dessen Gehilfen, durch sein ungebührliches Betragen vor Gericht, überdies in Anwesenheit seines Durchlauchtigsten Fürsten in höchst bedauerlicher Art kundgegeben – auch seine Vergangenheit, sein Leumund, die Gerüchte –«

»Nun,« unterbrach ihn der Herzog mit leichter Ungeduld, »es wird solchen Gesellen niemals gelingen, in meinem Land irgendwas Übles anzurichten, so lange ich so tüchtige Leute, seien es nun Jäger oder Richter, in meinen Diensten habe, als mir – durch Gottes Fügung – vergönnt ist.«

Während er so sprach, sah er wie in wachsendem Unbehagen an dem Richter vorbei. Doch den Blick seiner Frau fühlte Adalbert von Sekunde zu Sekunde immer starrer auf sich gerichtet, und er begann zu wünschen, dass all die freundlich herablassenden Worte des Herzogs, dessen gütigmildes Betragen nichts anderes zu bedeuten hätte als Verstellung und Tücke – wünschte beinahe, dass draußen vor dem Haus wirklich die Häscher schon bereitstünden und nur eines herzoglichen Winkes harrten, um ihn, Adalbert, ins Gefängnis zu schleppen, sodass sich am Ende doch alles, was er lügnerisch und feig seiner Frau über den Fürsten erzählt hatte, als traurige Wahrheit erwiese. Doch während er so dachte, fühlte er zugleich, wie er das Haupt zum Dank für das Lob des Herzogs wider Willen gleichsam bis zum Teller hinabneigte; und was er sich zu eigenem Staunen fast wie einen, der gar nicht er selber war, sagen hörte, waren die demütigen Worte: »Meines Durchlauchtigsten Herrn Zufriedenheit zu erringen, wird mir jederzeit das höchste Glück bedeuten.«

Der Lakai trat ein und meldete, dass der Wagen instand gesetzt sei. Der Herzog erhob sich, trank Agnes noch einmal zu und sprach: »Nehmt meinen Dank für die freundliche Bewirtung. Ich möchte mich Euch gerne erkenntlich zeigen, und so bitt' ich Euch, einen Wunsch auszusprechen, dessen Erfüllung Euch am Herzen liegt – noch ehe ich von diesem gastlichen Hause Abschied nehme.«

Doch Adalbert, als wollte er verhüten, dass Agnes vor dem Herzog ihre Stimme vernehmen lasse, erwiderte an ihrer statt: »Dass Eure Herzogliche Gnaden geruhten, in unsere arme Hütte einzutreten, an unserem bescheidenen Tisch zu sitzen und von unserem schlechten Wein zu trinken, ist uns überreicher Dank.«

»Euch vielleicht, Herr Richter«, entgegnete der Herzog kühl. »Und da ich eine Erwiderung dieser Art von Euch beinahe erwarten konnte, zog ich es vor, meine Frage an Eure anmutige Gattin zu richten; – auch darum, dass ich endlich den Ton ihrer Stimme zu vernehmen so glücklich sei, was mir bis zu diesem Augenblick leider noch nicht vergönnt war. Also nochmals, schöne Frau, sprecht einen Wunsch aus; – wenn es irgend in meiner Macht steht, will ich ihn erfüllen.«

»Durchlaucht,« begann Agnes mit leiser, aber klarer Stimme – und Adalbert ging ein Zittern durch den ganzen Leib, »Durchlauchtigster Herzog, ich habe nur diese eine Bitte, dass Ihr huldreichst geruhen mögt, dem Tobias Klenk seine Strafe nachzusehen und ihn aus seiner Haft zu entlassen.«

Des Herzogs Züge wurden mit einem Male ernst. Adalbert schöpfte eine Hoffnung, eine unklare, törichte Hoffnung, der Herzog würde Agnes' Bitte abschlagen mit hartem Wort: Wie, dies eine Jahr, das ohnehin viel zu wenig ist, soll ich ihm nachsehen? Welche Verwegenheit! Nun seh' ich, dass Ihr alle im Bunde mit ihm seid. Ins Gefängnis mit Euch beiden, und der Tobias soll hängen!

Aber der Herzog sprach anders: »Wie sehr beklag' ich,« sagte er, »beste Frau, dass Ihr von hundert oder tausend Wünschen, die Ihr wohl hättet äußern dürfen, gerade den einen aussprecht, den zu erfüllen ich völlig außerstande bin.« Und nach einem kleinen Zögern: »Ich kann dem Tobias Klenk die Freiheit nicht schenken – weil er sich schon seit einer Stunde wieder ihrer erfreuen darf.« Und zu Adalbert gewandt, der, wie auf die Stirn geschlagen, dastand: »Mit Eurer Erlaubnis, Herr Richter, habe ich den lächerlichen Patron aus dem Gefängnis entlassen und denke daran, wie ich Euch verraten will, ihn im Schlosse Karolslust als Jagdgehilfen anzustellen, wo er dann seinen Gelüsten in bequemerer Weise als bisher und ohne Fährlichkeiten für sich selbst und meine andern Jäger wird frönen können.«

Adalbert war totenblass, und ein dünnes, leeres Lächeln verzerrte seinen Mund. Zu Agnes wagte er nicht einmal hinzusehen. Nach einer Entgegnung zu suchen, war ohne Sinn, und so tat er nichts weiter, als dass er sich, wie er schon so oft in dieser Stunde getan, tief neigte, als fühle er sich gedrängt, in des Tobias Klenk Namen dem Herzog für dessen Gnade zu danken.

Dieser aber ermutigte Agnes, irgendeinen andern, leichter zu erfüllenden Wunsch auszusprechen, damit er nicht am Ende genötigt sei, wie er sagte, dies gastliche Haus als Schuldner zu verlassen.

Und mit einer Stimme, die so fern und fremd für Adalbert klang, dass es ihm kalt über den Rücken lief, erwiderte Agnes: »So wünsche ich mir denn, von meinem Durchlauchtigsten Herrn und Herzog als Gartenmägdlein erwählt zu werden – und wenn es meinem Herrn nicht gefällt, mich sofort mit sich nach Karolslust zu nehmen, so erbitte ich mir, unter seinem Schutz unverzüglich an irgendeinen andern sichern Ort gebracht zu werden, um auch nicht eine Stunde länger in diesem Hause, an der Seite dieses Mannes, der mein Gatte war, weiter leben zu müssen.«

Adalbert glaubte vor Scham, Wut und Verzweiflung zu Boden sinken zu müssen; doch er wurde nur noch blässer, seine Züge noch verzerrter; und seine Lippen bebten.

Der Herzog warf einen mitleidigen, aber kaum verwunderten Blick auf ihn, sah gleich wieder, wie um ihn zu schonen, von ihm fort, dann wandte er sich zu Agnes, die regungslos vor ihm stand, keineswegs einem Weibe gleichend, das gewillt wäre, in plötzlich erwachter Leidenschaft sich einem Geliebten an den Hals zu werfen, sondern wie eines, das zu irgendeiner unwiderruflichen, düsteren Tat fest entschlossen war, und langsam den Kopf schüttelnd, wie in höflichem Bedauern, erwiderte der Herzog: »Seltsam, auch dieser Euer zweiter Wunsch ist einer, den zu erfüllen ich außerstande bin, denn die Institution der Gartenmägdlein, schöne Frau, denke ich abzuschaffen, wie es noch mit manchem anderem in diesem Lande geschehen wird – und das Schloss Karolslust soll mir und meiner künftigen Gattin, der Prinzessin von Württemberg, während der Sommermonate als Aufenthalt dienen.«

Agnes stand regungslos, doch alles Blut war aus ihren Wangen gewichen.

Der Herzog betrachtete sie lange, und mit sanfter, fast gütiger Stimme sprach er weiter: »Vielleicht aber, schöne Frau, geht Euer Wunsch gar nicht so weit, als Ihr es Euch in diesem Augenblicke einbildet; und es lockt Euch nur, das Schloss, über das so viele Sagen hier im Lande umgehen, einmal in der Nähe zu besehen. Und so lade ich Euch denn zu einer kleinen Spazierfahrt nach Karolslust ein; wir wollen dort, wenn's Euch genehm ist, eine Weile im Park auf und ab wandeln; – Ihr vertraut mir Eure Bedenken und Kümmernisse an, die wohl nicht so schwer zu beschwichtigen sein werden, als es Euch in dieser Stunde erscheinen mag; – und Ihr werdet selbst entscheiden, ob Ihr in Karolslust unter dem Schutz der Frau Oberjägermeisterin Aufenthalt nehmen wollt, oder ob Ihr nicht vorzieht, noch vor Abend in dieses Haus zurückzukehren – um nicht zu tun, was Euch später doch einmal gereuen könnte.«

»Mich«, erwiderte Agnes, und Adalbert war es, als hätte er ihre Stimme noch nie gehört, »wird von heute ab nichts mehr gereuen, was immer ich tun werde, mag's eine Spazierfahrt ins Wäldchen sein, mein Durchlauchtigster Fürst, oder eine Reise in die weite Welt.« Sie griff nach einem Mäntelchen, das über einer Stuhllehne hing. »Hier bin ich«, sagte sie, – und als wäre sie solche Sitte von jeher gewöhnt, reichte sie dem Herzog erhobenen Arms die Hand, der diese ergriff und Agnes, wie irgendeine Dame adeligen Geblüts, in höfischer Haltung bis zur Türe geleitete.

An Adalbert sah sie vorbei – vielmehr sie schien ihn überhaupt nicht zu sehen, als wäre er für sie aus der Zahl der Lebendigen weggelöscht.

Der Herzog, wie in plötzlichem Mitleid, wandte sich an der Türe noch einmal nach ihm um. »Herr Richter Wogelein,« sagte er, »wir wollen trotz allem hoffen, dass sich die Sache in befriedigender Weise und nicht durchaus zu Eurem Nachteile aufklären werde. Ihr mögt in jedem Fall bis auf Weiteres meiner Huld versichert sein.«

So verließ er mit Agnes das Haus. Adalbert, an der Stelle festgewurzelt, wo er stand, hörte ihre Schritte über den Gartenkies, gleich darauf klang ein Murmeln von draußen an sein Ohr, und er wusste, ohne es zu sehen, dass Leute den Wagen umstanden und mit ansahen, wie sein Weib mit dem Herzog davonfuhr.

Er hörte, wie das Murmeln sich verstärkte, er glaubte, das eine und andere zusammenhanglose Wort zu verstehen; dann entfernten sich die Stimmen allmählich. Ihm blieb nur ein dumpfes Brausen im Ohr, das Zimmer drehte sich um ihn, die Beine waren ihm bleischwer, es wirbelten ihm die Sinne. Er lauschte in die Küche hinaus. Es war ganz still, auch die Magd war davon. Gewiss war sie in den Markt geeilt, zu seinem Schwiegervater, dem Bürgermeister, ihm schnellstens die kostbare Neuigkeit zu bringen. Er schlich zur Tür, die noch offen stand, und versperrte sie, ohne recht zu wissen warum, dann ließ er sich auf den Stuhl niedersinken, auf dem früher der Herzog gesessen hatte, krampfte das Tischtuch zwischen den Händen, dass die Teller und Gläser klirrten, und stöhnte vor sich hin mit verglasten Augen. Er griff nach einem der Tafelmesser, ließ es in den Fingern hin

und her spielen, dachte, dass er am klügsten daran
täte, sich den Hals abzuschneiden, und wusste
doch, dass er zu solcher Kühnheit nie und nimmer
geschaffen war.

Er fragte sich, was er nun eigentlich beginnen sollte. Hier sitzen und warten, bis der Herr Schwiegervater erschiene – und andere Leute aus dem
Markt und ihm ihre höhnische Teilnahme be-
zeigten? Oder solange etwa, bis Agnes von ihrer
Spazierfahrt wieder heimkehrte? – Ha, ha, heimkehrte! Nie kam sie zurück, das war gewiss. Solch
ein Narr war der Herzog nicht, dass er nicht nehmen sollte, was man so bereitwillig ihm entgegen-
bot. Heute Nacht, in dieser Stunde noch, wurde
Agnes, was sie werden wollte, Gartenmägdlein,
des neuen Herzogs erstes Gartenmägdlein im
Schlosse Karolslust. Schon im Augenblick, da der
Herzog zum ersten Mal durch diese Tür geschritten, ja heute Morgen schon, als er vorbeigefahren
war, hatte sie sich ihm mit Herz und Sinnen hingegeben. Er, Adalbert, hatte es ja gespürt, und
darum nur, aus Wut und Ekel, hatte er über den
Herzog all den Unsinn geschwatzt, der doch tiefen
Sinnes voll, all diese Lügen, die wahrer als alle
Wahrheit waren. Wie hatten seine Herzoglichen
Gnaden doch gesagt, ehe sie mit dem infamen
Weibsbild durch die Türe hinausspaziert waren?
»Wir wollen trotzdem hoffen, dass sich die Sache
nicht durchaus zu Eurem Nachteil aufkläre.« Das
war schlau vorgebaut. Denn dass Agnes nichts
sonderlich Gutes über ihn reden werde, das konnte
der Herzog wohl voraussehen.

Die Elende! Schmach und Schande hatte sie über ihn gebracht, über den Richter Adalbert Wogelein, der vor wenigen Stunden noch in Amt und Würden auf seinem Stuhl gethront hatte, als gerecht und weise, hochgeehrt in Stadt und Land, und der sich nun niemals wieder auf die Gasse wagen durfte, ein Gespött jedem Buben, jeder Magd, dem ganzen Volk von Karolsmarkt. Und auch in die Gerichtsstube nicht mehr, ins Wirtshaus nicht und nirgendshin, wo die Leute ihn kannten! Vorbei war es mit Amt und Würden, vorbei mit dem Aufenthalt an diesem Ort; nicht eine Nacht mehr durfte er hier verweilen; – wie immer er sein Schicksal nahm, dies eine stand über allem fest, er musste fort, fort, fort, noch ehe Leute kamen.

Er stürzte ins Nebenzimmer, wo er im Kleiderschrank an verborgener Stelle ein Sümmchen verwahrt hatte, das wohl für ein paar Monate reichen mochte. Fort – fort – aber wohin? Musste er denn nicht vor allem fort, um der Rache des Tobias Klenk zu entfliehen, der, von diesem Unglücksherzog in Freiheit gesetzt, vielleicht jetzt schon auf dem Weg hierher war und weiß Gott, wie Schlimmes gegen ihn im Schilde führte? Sie hatten sich ja alle gegen ihn verschworen, Agnes, der Herzog und Tobias Klenk; und auf irgendeine teuflische Art schienen sie ihm nun alle miteinander gegen ihn im Bunde zu stehen; – ihnen allen musste er entfliehen.

Und was sollte mit diesem Hause geschehen, das sein Eigentum war? Wem ließ er es zurück? Dem schamlosen Weibsbild, das ihm mit dem Herzog durchgegangen war? Er sah sie vor sich an des Herzogs Seite in stolzer Hofkarosse die Straße nach dem Schlosse zu fahren. Er sah sie aussteigen, sah den Herzog ihr die Hand reichen, sah, wie das Parktor sich vor ihr auftat, wie Lakaien sich tief vor ihr neigten, wie der Herzog sie in der Allee spazieren führte, wie sie mit ihm die breite Treppe des Schlosses hinaufstieg; er sah das Gemach, das für sie bereitet war, das schwellende Bett mit blauem Baldachin darüber, er sah, wie sie dem Herzog in die Arme sank, und hörte, wie sie aufschrie und jauchzte in endlich gestillten Lüsten.

Er ballte die Fäuste, schlug seine Stirn gegen die Kanten der offenen Schranktür, es war ihm nun, als müsste er unverzüglich sich aufmachen nach Schloss Karolslust, das Weib zurückfordern, das ihm gehörte und das er mit dem Herzog hatte davonfahren lassen, ohne eine Hand zu rühren, ohne das Maul aufzutun, demütig an der Türe stehend, durch die sie geschritten war wie eine Hofdame – ja – wie eine Prinzessin, – an des Fürsten Hand.

Der Raum, in dem er sich befand, war fast dunkel, und im Dämmer draußen, hinter dem Hause, lag das freie Feld. In diesem Augenblick klopfte es an die Fensterscheibe. Er schrak zusammen; dort draußen, riesengroß, stand einer. Wie ein ungeheurer Schatten stand er da, Tobias Klenk. Eben hob er die Faust, als wollte er das Fenster zerschmettern, aber es wurde nur ein Klopfen daraus, und nicht einmal ein sonderlich heftiges.

Adalbert tat die paar Schritte bis zum Fenster hin, er hörte den Tobias sprechen, leise, beinahe sanft: »Mach' auf, Adalbert! In Küche und Garten ist niemand, nicht deine Frau, nicht die Magd, mach' auf! Mach' auf!«

Adalbert zögerte. Mit den Augen suchte er nach einer Waffe oder nach einem Ding, das dafür gelten konnte. Er griff nach einem Bügeleisen, das in der Nähe lag, ließ es aber wieder fallen, ohne dass Tobias etwas davon hätte wahrnehmen können.

»Mach' auf, Adalbert!« rief Tobias noch einmal, und wieder hob er die Faust, diesmal so drohend, als wollte er das Fenster wirklich in Trümmer schlagen.

Und Adalbert öffnete. Da stand nun Tobias Klenk, wie er heute Morgen vor Gericht gestanden, in verschlissenem Reiteranzug mit hohen, gelben Stiefeln und hatte einen braunen Radmantel über die Schultern geworfen. Hinter ihm breiteten sich die dämmernden Felder aus, der Kirchturm von Karolsmarkt ragte dünn und spitzig in den Abend auf.

»Was willst du von mir?« fragte Adalbert und erschauderte vor seiner eigenen Stimme.

»Was fragst du«, erwiderte Tobias. »Wenn du Courage genug gehabt hast, mich aus dem Loch herauszulassen, so wirst du wohl auch Courage haben, mich ein Viertelstündchen bei dir zu beherbergen; komm' ich doch mehr um deinet- als um meinetwillen.«

Adalbert riss die Augen weit auf, Tobias aber stieß ihn beiseite, schwang sich ohne Weiteres über die Brüstung ins Zimmer und schloss das Fenster hinter sich zu.

Wie hatte Tobias gesagt? Courage genug, mich aus dem Loch zu lassen? Hatte er ihn recht verstanden? Adalbert wich zurück und starrte ihm ins Gesicht.

»Ha, ich sehe, es ist dir doch nicht ganz geheuer«, lachte Tobias. »Packst ja schon deine Sachen zusammen!« und er wies auf das Wäschezeug, das herumlag.

»Was pack' ich zusammen«, stammelte Adalbert. Wollte Tobias ihn höhnen, mit ihm spielen wie die Katze mit der Maus? Genug Courage, um ihn aus dem Loch zu lassen? Was sollte das bedeuten? Hier hatte sich etwas ereignet, was noch nicht zu fassen war, worüber man erst durch des Tobias weitere Reden völlige Klarheit gewinnen konnte; und er selbst, Adalbert, er hatte vorerst nichts anderes zu tun als zu schweigen.

»Und hast dein Weib schon vorausgeschickt? Recht so, Adalbert, recht so. Vorsicht schadet nie!«

»Komm«, sprach Adalbert aus verstörtem Sinnen und ging ihm voran ins Wohngemach. Die Teller und die Gläser, halb noch gefüllt, blinkten durch den halbdunklen Raum. »Hier ist noch Backwerk und Wein,« sagte Adalbert, »wirst heute nicht viel zu Mittag genossen haben.« Er schenkte ihm das Glas voll, aus dem vor kaum einer Stunde der Herzog getrunken hatte, und es wurde ihm wohler dabei, so, als leite er damit irgendwie ein Werk der Rache ein.

Tobias trank; dann ergriff er selbst den Weinkrug, schenkte sich noch ein Glas voll und stürzte es hinab. »Ich danke dir, Adalbert«, sagte Tobias. »Und nun machen wir's rasch. Ich muss gleich über die Grenze. Noch in dieser Nacht. Drüben hab' ich Freunde. Gar nicht weit. Aber was geschieht mit dir? Dem Herzog bleibt's nicht lange verborgen, dass du mich herausgelassen. Trau' dem Kerkermeister nicht, sag' ich dir, und auch sonst keinem.«

Nun war es dem Adalbert über allem Zweifel klar, dass der Herzog selbst den Befehl gegeben, den Tobias, als geschähe es in Adalberts Namen, aus dem Gefängnis zu entlassen. Aber warum? Aus Edelmut oder aus Tücke? Wer fand sich zurecht in dem Mann? Was war ihm nicht alles zuzutrauen? Gutes und Böses! Doch war es nicht derselbe Mensch, der nun eben mit Agnes davongefahren war? Das Blut stieg ihm von Neuem zu Kopf. Und wenn der Herzog sie nun doch zurückbrächte, und sie sähe ihn mit Tobias an einem Tische sitzen und trinken, und sie wüsste sicher vom Herzog schon, wie die Sache in Wahrheit sich zugetragen? – Der Tobias musste fort von hier, dies vor allem. Denn wenn der die Wahrheit erfuhr, dann war alles verloren. Über die Grenze musste er und durfte niemals wieder zurück.

»Du musst fort«, sagte er zu Tobias. »Du musst fort! Was stierst du mich an? Noch ein Glas meinethalben, aber dann mach' dich davon – oder juckt es dich sehr, noch einmal ins Loch zu spazieren, in ein tieferes und finstereres als das, in das ich dich für ein paar Stunden habe sperren lassen – zu deiner vorläufigen Sicherheit?«

»Zu meiner Sicherheit?«

»Zu deiner Sicherheit, ja, zu deiner Rettung. Denn wenn du ahntest, was dir in Wirklichkeit drohte, so wüsstest du, wie einem zumut ist, der den Raben als Mahlzeit zugedacht war.«

»Bist du bei Sinnen?« rief Tobias, und das Glas in seinen Händen klirrte.

»Von Sinnen bist du, Tobias, und warst es von dem Augenblick an, da du in die Gerichtsstube geführt wurdest, den Herzog da sitzen sahst und trotz all meines Blinzelns und Zwinkerns nicht begreifen wolltest, dass jedes Wort, das ich sprach, darauf angelegt war, deinen Kopf zu retten, vielmehr alles dazu tatest, um ihn nur ganz sicher zu verlieren, als wäre er nicht mehr wert denn ein Kürbis. Jede Sekunde war ich gewärtig, dass der Herzog sich erheben würde, um selbst das Urteil über dich zu sprechen, das er von mir erwartete – den Tod.«

Tobias lachte auf. »Willst du mich zum Narren machen? Oder hat dich einer dazu gemacht, soweit das noch vonnöten war?«

Adalbert aber beugte sich über den Tisch zu ihm hin, dass ihre Stirnen sich fast berührten, und sagte: »Denkst du wirklich, der Herzog wäre nach Karolsmarkt gefahren, um sich einen Wilddieb in der Nähe zu betrachten? Den Aufrührer, den Verschwörer wollte er von Angesicht zu Angesicht sehen, über den ihm schon ausführlicher Bericht war erstattet worden.«

»Bericht über mich?«

»Und ein kleiner, hagerer Mensch in dunkler Hoftracht, mit einer goldenen Kette um den Hals, der dann spurlos verschwand, als hätte ihn der Erdboden verschlungen, der hatte mir schon heute auf dem Weg zum Gericht aufgepasst und mich wissen lassen, wenn ich einen bösen Verdacht von mir selbst abschütteln wolle, so gäbe es heute die einzige und letzte Gelegenheit dazu: indem ich den Tobias Klenk in seiner ganzen Gefährlichkeit enthüllen und zu der Strafe verdammen würde, die Hochverrätern gebühre.«

»Wahnwitziges Zeug redest du,« schrie Tobias, »wer in aller Welt kann mir was nachweisen! Mag ich jemals Übles verbrochen haben, so liegt es weit hinter mir und ist nicht hier im Lande geschehen.«

»Ich weiß von deinen Übeltaten nichts, die du in fremden Landen verbrochen hast. Du hast sie mir bis heute wohlweislich verschwiegen, wenn auch mancherlei darüber gemunkelt wurde. Andere aber, du kannst nicht daran zweifeln, wissen mehr als ich, und insbesondere spinnen sich Fäden von Hof zu Hof, von Fürsten zu Fürsten, von Gericht zu Gericht, geheimnisvolle Fäden aller Art, und Seine Gnaden, der Herzog, jawohl, Freund Tobias, derselbe, der vor kaum einer Stunde hier an dieser Stelle saß, auf dem gleichen Stuhle wie du in diesem Augenblick, und aus demselben Glase trank, aus dem du jetzt trinkst, dem ist wohl bekannt, was man von dir und deinesgleichen zu gewärtigen habe. Und also –«

Nun erhob sich Tobias, die Lehne des Stuhls in der einen Hand. »An dem Tisch hier der Herzog – und getrunken aus dem Glas? Nun denk' ich aber wirklich, du bist toll geworden. Zu welchem Zweck wäre der Herzog hier gewesen? War von mir die Rede?«

»Ha, von dir!« rief Adalbert und sah stier vor sich hin.

»Wann war er da, warum war er da? Willst du reden oder nicht?«

»Vor zwei Stunden, just als der Regen niederging, fuhr er hier an meinem Hause vor und eine Viertelstunde darauf mit Agnes davon – nach Karolslust.«

»Davon mit Agnes, der Herzog?«

»Davon mit meinem Weib nach Karolslust, und wenn nicht indes ein Wunder geschehen ist, so passiert ihr wohl in dieser Stunde das gleiche, was deinen beiden Schwestern zu ihrer Zeit mit dem alten Herzog passiert ist.«

Tobias Klenk saß mit aufgerissenen Augen, und es klang mehr nach Freude als nach Spott oder Zorn, da er ausrief: »Dein Weib – davon mit dem Herzog? Faselst du, oder hältst du mich zum Narren, so ergeht's dir übel, Adalbert.«

»Du drohst mir noch, Mensch, dem ich all das Unheil verdanke, das über uns gekommen ist? Zum Teufel mein Weib, mein Amt, meine Ehre – und all das, weil ich dich vor dem Galgen gerettet – und du drohst mir?«

»Wenn du die Wahrheit sprichst, Adalbert, so hab' ich nicht gedroht. Aber ich kann mir all das nicht zusammenreimen. Wenn es so gefährlich für dich stand, und du hast's gewusst, warum ließest du mich frei noch am selben Tag? Bist du der Mann dazu? Und ferner, wie gelang es dem Herzog so rasch, dein Weib nach Karolslust zu zwingen, wenn sie nicht schon vorher eines Sinnes mit ihm war? Und wenn du sie ziehen ließest mit ihm, warum packst du deine Sachen zusammen, als hättest du noch irgendwas zu fürchten und wolltest selber davon?«

»Was sollen die Fragen, Tobias? Deine Gefährten will ich kennenlernen, die gleichen Sinnes sind mit mir und mit dir, dass wir uns gemeinsam beraten alle, was zu tun, um das Unrecht und die Schmach aus der Welt zu schaffen und die Tyrannen zu stürzen.«

Tobias Klenk legte die Hand schwer auf Adalberts Schultern. »Hast du auch wohl überlegt, was du sprichst? Gehst du mit mir davon, so wisse, dass es keinen Weg zurück für dich gibt. Reut es dich einmal, sei es morgen schon oder erst in Tagen und Wochen, dann ist es zu spät! Der uns verrät, ja, der auch nur abfällt von uns, ist unerbittlich der Rache ausgeliefert, so gewiss, als hätte die heilige Feme das Urteil über ihn gesprochen. Bleib' lieber daheim, Adalbert. Denn hier, dafür leg' ich die Hand ins Feuer, droht dir nun keinerlei Gefahr mehr. Ja, meinen Hals verwett' ich, dass du nun bald so hoch hinaufgelangen wirst, wie schon mancher andere es in deiner Lage erfahren hat, und mag auch mancher anfangs die Nase über dich rümpfen, nicht lange dauert's, so finden sich alle drein, erweisen dir Reverenz und Respekt, und bald gibt es keinen, der dir dein Glück nicht neiden würde.«

»Hältst du mich für einen Schuft,« schrie Adalbert, »so bist du's nicht wert, dass ich für dich –«

Ein Wagen stand vor dem Hause still. Adalbert blickte durchs Fenster hinaus, und das Herz ward ihm kalt in der Brust. »Fort, fort!« rief er mit erstickter Stimme, »duck' dich, schleich' hier durch die Tür und durchs Fenster dann, wie du gekommen.«

»Der Herzog?« flüsterte Tobias wie fragend und hatte ihn doch selbst gesehen und erkannt.

»Fort, fort, Unglückseliger«, rief Adalbert und drängte Tobias in den Nebenraum, wo das Fenster offen stand wie vorher, nur dass der Ausblick aufs freie Feld verstellt war durch zwei dunkle Gestalten, die vom dämmernden Himmel sich übergroß abzeichneten. Zugleich klopfte es an die Haustür.

Adalbert stürzte hinaus, und seiner Sinne kaum mächtig öffnete er.

Der Herzog stand da, hinter ihm ein Lakai mit einer Fackel. Auf seines Herrn Wink zündete er mit der Fackel die Kerzen der zwei dreiarmigen Leuchter an, die auf der Anrichte standen. Dies geschah, ohne dass ein Wort gesprochen wurde. Auf einen neuerlichen Wink des Herzogs entfernte sich der Lakai mit der Fackel und schloss die Tür hinter sich.

»Schließt Ihr die andere Tür, Tobias Klenk, und tretet näher«, sagte der Herzog.

Tobias tat, wie ihm geheißen. Nun waren die drei Männer in dem abgeschlossenen Raum versammelt; – nur das Fenster gegen die Straße zu stand offen, – und die Kerzen flackerten im Frühlingsabendwind.

Der Herzog, als wäre er hier zu Hause, ließ sich nieder und sprach: »Es trifft sich gut, Tobias Klenk, dass ich Euch hier bei Eurem Freunde finde. Er hat es Euch wohl schon zur Kenntnis gebracht, was ich mit Euch für Pläne habe?«

Dem Adalbert schnürte es die Kehle zu, denn nichts anderes konnte die Frage des Herzogs bedeuten als dies, ob Adalbert dem Tobias des Herzogs Absicht kundgegeben, ihn als Jäger in seine Dienste zu nehmen. Tobias hinwieder musste glauben, die Frage des Herzogs spiele auf die Todesstrafe an, die nach Adalberts Bericht ihm zugedacht gewesen. Was immer Adalbert nun erwidern konnte, aufs Neue und immer furchtbarer hätte er sich verstrickt; nichts anderes blieb ihm übrig, als unverzüglich alles zu bekennen, was ja doch binnen Kurzem in Rede und Gegenrede notwendig zutage kommen musste.

Da hörte er schon, wie Tobias an seiner statt erwiderte: »Was hilft nun alles, Durchlauchtigste Gnaden, da bin ich nun einmal und weiß mich völlig in Euerer Gewalt. Draußen stehen auch zwei, ich hab' sie gesehen, und wenn ich auch keineswegs sagen will, dass ich mich reumütig in mein Schicksal ergebe, es wird nun wohl dafür gesorgt sein, dass ich nicht dawider an kann, was immer über mich beschlossen sei. So wage ich nur die Bitte, Herr Herzog, dass Ihr es meinem kläglichen Freund nicht entgelten lasset, wenn er mir vor der Zeit die Tür des Kerkers wieder aufgetan. Er hatte schlimmere Angst vor mir als vor Eurer Herzoglichen Gnaden. Und dies mit allem Anlass. Denn die ungerechte Strafe, die er über mich verhängte, wäre ihm übel geraten. Und die Rache wäre schlimmer gewesen als jede Strafe, die Euere herzogliche Gnaden über ihn hätte verhängen können.«

Adalbert ließ das Haupt sinken wie ein Verurteilter. Er wagte es nicht, dem Herzog ins Antlitz zu sehen, und hielt den Atem an, als jener, wieder an ihn sich wendend, zu reden anfing. »Ehe wir den Fall des Tobias Klenk mit aller nötigen Umsicht behandeln, werdet Ihr wohl über das Schicksal Eurer Gattin Gewissheit haben wollen. Herr Richter Adalbert Wogelein, sorgt Euch nicht um sie. Da sie vorläufig in keiner Weise zu bewegen war, zu Euch zurückzukehren, hab' ich sie bei der Frau Oberjägermeisterin einquartiert. Nach einem Monat, so hab' ich von ihr gefordert, wird sie bereit sein, Euch zu empfangen zu gründlicher Aussprache; und es wird sich erweisen, ob Ihr Euch miteinander verständigen und wieder vereinigen könnt oder nicht. Da ich Euch in Euerm Amt als einen klügeren und gewitzteren Mann erfunden als in Eurer Ehe, mir aber scheint, dass Ihr Eure Rechtskenntnisse besser an Dingen werdet erweisen können, wo mehr Schlauheit als Mut vonnöten, will ich dafür sorgen, dass Euch eine Stelle am Reichsgericht zu Wetzlar zugewiesen werde. Was nun Euer Vergehen anbelangt, das Ihr Euch durch die eigenmächtige Freilassung des Tobias Klenk habt zuschulden kommen lassen, so wollen wir es durch die Angst, die Ihr ausgestanden, als gesühnt erachten. Ihr aber, Tobias Klenk, mögt vor allem dahin aufgeklärt sein, dass die zwei Menschen draußen keineswegs beauftragt waren, Euch wieder gefangen zu setzen, sondern vielmehr: Euch aus dem Gefängnis abzuholen und vor mich nach Karolslust zu bringen. Ich will nicht eben sagen, dass Ihr mir wohlgefallt; doch da Ihr doch zu nichts Besserem taugt, Euch aber das Jagen Spaß zu machen scheint, so wollt' ich Euch im Schloss Karolslust als Jagdgehilfe in Dienst nehmen. Dies aber merkt wohl, dass Ihr dort unter strenger Hut und Aufsicht stehen und die geringste Auflehnung oder Nachlässigkeit aufs Strengste zu büßen haben würdet. Insbesondere aber seid Ihr dringend gewarnt, dem Richter Adalbert

Wogelein irgendetwas nachzutragen oder gar auf irgendeine Weise nach Vergeltung zu trachten.«

Indes hatte Adalbert manchen bangen Blick zu Tobias Klenk hingeworfen und gewahrte nun ein so tückisches Aufblitzen in dessen Augen, dass er nicht zweifeln konnte, wessen er sich von ihm bei allernächster Gelegenheit zu versehen hätte. Und so stürzte er, von seiner Angst völlig um alle Besinnung gebracht, vor dem Herzog auf die Knie, und ehe noch Tobias antworten konnte, rief er aus: »Was liegt an mir, Herzogliche Gnaden, und an meinem armseligen Leben? Nur durch ein aufrichtiges Geständnis vermag ich meine Dankesschuld an Eure Herzogliche Gnaden abzutragen. Herr Herzog, es gibt eine geheime Brüderschaft in deutschen Landen, – Tobias selbst hat es mir vertraut, er wird es nicht leugnen, – die verbrecherische Anschläge gegen die geheiligten Häupter der Fürsten plant. Ich würde mich zum Mitschuldigen machen, wenn ich es in Kenntnis dieser Umstände wortlos mit ansähe, dass Eure Herzogliche Gnaden ein Mitglied dieser geheimen Brüderschaft, dass Ihr den Tobias Klenk in Eurer unmittelbaren Nähe verweilen ließet, da doch den Versicherungen und Schwüren solcher Leute, auch wenn sie anfangs ehrlichen Willens sein mögen, in keinem Falle zu trauen ist.«

»Erhebt Euch«, befahl der Herzog in hartem Ton. Adalbert erhob sich und wagte nicht aufzuschauen. Und noch weniger getraute er sich, den Blick zu Tobias Klenk hin zu richten. Der Herzog schwieg eine ganze Weile, dann sagte er: »Was ich gesagt habe, Tobias Klenk, bleibt aufrecht. Ich nehm' Euch zum Jagdgehilfen in Schloss Karolslust. Euern Dienst sollt Ihr sofort antreten.«

»Durchlauchtigster Herzog,« erwiderte Tobias Klenk, »mit allem schuldigen Danke schlage ich Euer Hoheit gnädiges Angebot aus. Ein so arger Lumpenkerl, mit Respekt zu vermelden, der Herr Richter Adalbert Wogelein auch sein mag, wie ich ihn schon in meinen Kinderjahren erkannt, – es wäre wohl möglich, dass ich noch immer der Schlimmere von uns beiden bin. Und mit seiner Warnung hat er recht, Herzogliche Gnaden, und in höherem Maß, als er selbst ahnen konnte. Denn wenn ich im Revier herumschlich mit geladener Waffe, so war es keineswegs, um einen Rehbock zu schießen, sondern vielmehr, um Örtlichkeit und Umstände in der Nähe von Karolslust auszukundschaften für bessere Gelegenheit.«

»Was meint Ihr damit?« fragte der Herzog. »Des Lebens und der Freiheit dürft Ihr Euch in jedem Fall versichert halten. Sprecht also ohne alle Scheu.«

Tobias zögerte und sah vor sich hin.

Um des Herzogs Mundwinkel zuckte es verächtlich. »Wenn Ihr Furcht hegen solltet ungeachtet meines fürstlichen Worts, dass Ihr des Lebens und der Freiheit sicher seid, so mögt Ihr auch schweigen, Tobias Klenk«, und er machte Miene, sich von ihm abzuwenden.

Doch nun, als kenne er keine schlimmere Schmach, als dass man ihm zumute, für sein Leben zu zittern, begann Tobias mit Hast: »Von der geheimen Brüderschaft, Herr Herzog, und all dem Unsinn, den dieser Wicht hier vorgebracht, ist kein Wort wahr, – und ich will nicht, dass irgendein unschuldig Verdächtigter zu leiden habe. Doch was ich für meinen Teil zu tun vor hatte, Herr Herzog, das war und ist meine Sache allein. Und wenn einer den Anfang machen sollte mit den Dingen, die doch einmal geschehen müssen, dass Ordnung, Gerechtigkeit und Gleichheit geschaffen werde in der Welt – ich glaube wohl, dass ich der Richtige gewesen wäre, es zu tun. – Und Ihr, Herr Herzog,« – und er blickte ihm mit düsterer Frechheit ins Auge, – »Ihr wart mir am nächsten zur Hand«, und er senkte den Blick nicht.

»Nun, Tobias Klenk«, entgegnete der Herzog nach einem kurzen Schweigen, »ob nun Euer Geschwätz nur eitel Prahlerei sein mag oder Schlimmeres oder Besseres – einen Gesellen wie Euch will ich weiterhin weder in meiner Nähe noch in meinem Lande dulden. Die beiden, die da draußen warten, die sollen Euch unverzüglich an die Grenze bringen. Und ich rat' Euch, dass Ihr nicht allzu sehr auf meine Großmut baut, der ich an diesem einen Tag müd genug geworden bin für – lange Zeit. Und merkt Euch, Tobias Klenk, trifft man Euch irgendwann oder irgendwo je wieder im Bereiche meines Landes an, so sollt Ihr am nächsten Galgen hängen, so gewiss ich hier auf diesem Stuhle sitze.

Und nun öffnet die Tür, an der Ihr steht, Tobias Klenk.«

Der gehorchte. Draußen vor dem Fenster in der Dunkelheit standen die zwei Männer regungslos. »Hört«, rief der Herzog ihnen zu. »Im nächsten Augenblick wird einer durchs Fenster springen. Nehmt ihn in Eure Mitte und bringt ihn bis zur Grenze nach Feldbach. Gebt aber wohl acht auf ihn; und wenn er Miene macht zu entwischen, so schickt ihm Eure Kugeln nach. Von der Grenze aus mag er sich trollen, wohin es ihm beliebt, und sein töricht fruchtloses Leben weiterführen, bis sein Schicksal ihn ereilt.«

Gebieterisch wies er mit gestrecktem Arm gegen das Fenster zu, Tobias wandte sich ohne Gruß, schwang sich über die Brüstung, die beiden Wartenden draußen legten ihm schwer die Hände auf die Schultern und verschwanden mit ihm in die Nacht.

Nun stand Adalbert allein mit dem Herzog da, und dieser sprach weiter: »Ihr habt nun wohl eingesehen, Herr Richter Wogelein, dass es nicht gut tut, vor der Welt, insbesondere aber vor seinem Weib, den Helden spielen zu wollen, wenn man nun einmal als Hasenfuß geboren ward. Es geht in solchem Falle ohne Lüge nicht ab; – und habt Ihr Euch erst zu einer herbeigelassen, so folgen ihr die nächsten unweigerlich und umstehen Euch am Ende alle wie böse Feinde, die Ihr selbst aus Eurer Brust gezeugt, und schlagen Euch zu Boden, dass Ihr Euch nimmer erheben könnt. So ist es Euch geschehen, Adalbert Wogelein, und Ihr liegt nun so kläglich da, dass Ihr mich dauern solltet. Doch Ihr dauert mich nicht; – und da Ihr mir irgendeiner Großmut oder nur geringsten Rücksicht noch weniger wert scheint als Euer Freund Tobias Klenk, vor dem Ihr nun nicht weiter zu zittern braucht, so sollt Ihr wissen, dass ich von hier keineswegs in die Residenz, sondern geradenwegs nach dem Schlosse Karolslust zu fahren gedenke, und dass Euer Weib heute nicht im Hause der Oberjägermeisterin, sondern in meinem fürstlichen Bette schlafen wird, wie es ihr eigener Wunsch war. Die Stelle in Wetzlar beim Reichsgericht soll Euch gewahrt sein . . . Und nun gehabt Euch wohl, Herr Richter Wogelein.«

Er ging. Draußen mit der Fackel stand der Lakai. Die Tür fiel zu, Schritte verhallten, bald darauf auch das Rollen der Räder.

Adalbert, mit einem Mal wie gefällt, brach zusammen. Auf dem Boden liegend, wimmerte er eine Weile vor sich hin, plötzlich brüllte er auf wie ein wildes Tier. Die Magd, zu Tode erschrocken, trat ein. »Was will sie da«, schrie Adalbert, die Arme auf den Boden gestützt. »Wo war sie den ganzen Tag?« und er sprang auf die Füße.

Die Magd machte große Augen, dann fing sie blöde an, zu schluchzen. Adalbert trat näher auf sie zu. Da sie zu jammern nicht aufhörte, fasste er sie bei den Schultern, und wie er sie so immer näher an sich heranzog und von ihren Brüsten ein heißer Dunst ihm in die Nüstern stieg, wandelte sich seine ungeheure Wut, wie es ihm nicht zum ersten Mal geschah, zu brünstiger Erregung; und während er immer noch schrie: »Hinaus mit ihr! Geh sie zum Teufel!« presste er sie immer heftiger an sich, sodass sie endlich zu lachen begann und sich seinen Liebkosungen fügte, noch ehe sie oder er selber wussten, dass es Liebkosungen waren, die sie von ihm zu leiden hatte.

Als Frau Agnes am nächsten Morgen in der herzoglichen Karosse vor dem Hause anlangte, fand sie die Tür unverschlossen, niemanden in Vorzimmer und Küche, doch im ehelichen Schlafgemach ihre Magd in Adalberts Armen. Er empfing sie mit höhnisch albernem Grinsen, sie, blass und stumm, schlug der Magd ins Gesicht, diese sprang heulend aus dem Bett und lief im Hemde hinaus.

Adalbert zog sich unwillkürlich die Decke übers Gesicht, das Gefühl einer untilgbaren Schmach und einer nichtigen Rache rann ihm, zu bitterer Wollust vereint, durch das Blut.

Als er den Kopf wieder hervorstreckte, war er allein. Jählings stand er auf, noch unschlüssig, was er zunächst beginnen sollte, doch da ihm am Ende nichts anderes übrig blieb, machte er sich endlich, wie an jedem andern Morgen, fertig für den gewohnten Lauf des Tags. Und da er sich doch nicht für die künftige Zeit seines Lebens im Hause einschließen und verborgen halten konnte, entschied er sich, wohl etwas verspätet, ins Amt zu gehen.

Die Magd besorgte schon ihre allmorgendliche Arbeit in der Küche, als der Herr vorüberging, und sah nicht auf. Doch was ihn noch seltsamer berührte, war, dass im Vorgarten Frau Agnes saß, im hellen Morgenkleide, und sich von der köstlichen Frühsonne das blonde Haupt bescheinen ließ. Für einen Augenblick war ihm, als sei alles, was sich seit gestern Abend begeben, doch nur ein böser Traum gewesen und nicht mehr. Und fast war er daran, Agnes anzurufen, ihr einen guten Morgen zu wünschen, doch er fühlte, wie ihr Blick durch ihn hindurchging wie durch einen Schatten, sodass er unwillkürlich an seinem Leibe auf und ab tastete, ob er überhaupt noch vorhanden und nicht eigentlich ein Gespenst geworden sei.

Auf dem Wege zum Gerichte hin empfing er und erwiderte er, wie allmorgendlich, manchen Gruß, in dem kein Spott, keine Missachtung, ja keinerlei Ahnung von dem Geschehenen sich zu verraten schien. In der Amtsstube wartete der Schreiber ganz wie gewöhnlich, zeigte keinerlei Erstaunen, dass der Herr Richter so verspätet, noch darüber, dass er überhaupt erschien; und ohne weiteren Verzug nahmen die Verhandlungen ihren Anfang und Fortgang wie jeden Tag. Herr Adalbert Wogelein urteilte streng, aber gerecht, wie man es von ihm gewohnt war, und während er amtshandelte, wurde ihm mit jeder Minute deutlicher bewusst, um wie viel wohler ihm zumute war, als gestern zur selben Stunde und im gleichen Raum. Kein Mensch auf Erden, aufatmend fühlte er's, konnte ihm nun etwas anhaben; nach allen Seiten hin war er wie gefeit gegen Unbill und Gefahr.

Erhobenen Hauptes verließ er das Gericht, vom Schreiber aufs Devoteste gegrüßt, mit allem Respekt auch von den andern höheren und geringeren Amtspersonen, denen er in Gang und Flur begegnete; auf dem Heimweg hielt er sich eine Weile in der Apotheke auf, um dem Schwiegervater, der zuerst eine gewisse Betroffenheit nicht verbergen konnte, sich aber gleich wieder fasste, die Hand zu drücken und ihm, wie er es auch sonst manchmal tat, im Vorübergehen einen Gruß von seiner Tochter Agnes zu bestellen. Dann schritt er in weit beruhigteren Gedanken als vierundzwanzig Stunden vorher den besonnten Weg seinem Hause zu.

Agnes fand er nicht daheim, sie war, wie die Magd berichtete, schon in früher Nachmittagsstunde von der herzoglichen Karosse abgeholt worden. Es war ihm behaglicher, als wenn sie dagewesen wäre. Und er wusste sich leidlich die Zeit zu vertreiben, bis am nächsten Morgen der Wagen mit Agnes vor dem Hause wieder hielt.

In der gleichen Weise ging es noch manchen Abend, manche Nacht, manchen Morgen. Und alle, Agnes, ihr Gatte, ihr Vater, der Bürgermeister, und ganz Karolsmarkt fanden sich rascher in den Lauf der Dinge, als irgendeiner an dem Tage hätte prophezeien dürfen, da der Herzog in sein Land wieder heimgekehrt war.

Der aber ward binnen kurzer Frist ein Fürst von ganz ähnlicher Art, wie seine Ahnen es gewesen.

Kein geradezu schlimmer Herr, wie von manchen seiner Vorfahren der Ruf ging, aber auch keiner von den besten. Er verblieb noch einige Zeit in Korrespondenz mit dem Baron Grimm, lud manchmal fremde Notabilitäten an den Hof von Sigmaringen, verdankte seinen Ruf aber auch weiterhin mehr der Pracht seiner Jagden und der Üppigkeit seiner Zechgelage, als der Förderung der Wissenschaften und schönen Künste.

Karl Eberhardt XVII. hatte eine Prinzessin von Württemberg zur Frau, hielt manches Gartenmägdlein neben ihr, bekam im Laufe der Jahre drei eheliche und sieben uneheliche Kinder, deren erstes von Agnes war und im Hause ihres Gatten als ein junger Wogelein aufwuchs. Drei Jahre später wurde dem Richter, von dessen Anstellung beim Reichsgericht in Wetzlar nicht weiter die Rede war, noch ein zweiter Sohn geboren, der es aber in seinem ferneren Leben nicht zu gleichem Ansehen brachte, wie sein älterer Bruder, der um die Wende des Jahrhunderts die Würde eines Oberstallmeisters am Hofe zu Sigmaringen bekleidete.

Der Galgen, an dem Tobias Klenk sein abenteuerliches Leben endete, stand in einem andern Land.